KB054505

국어과 선생님이 뽑은
한국문학읽기
한국고전읽기
세계문학읽기

隨쓩喜힁ᄒᆞ [illegible] 大땡 [illegible] 來 [illegible] 讚 [illegible] 歎 [illegible]

아수 難난 陁땅 一 [illegible] 衆 [illegible] 이 世솅 間간 애 [illegible] 善 [illegible] 持 [illegible] 가

[illegible] 오 [illegible] ᄒᆞ [illegible] 道 [illegible] 理 [illegible] 노 [illegible] 사 [illegible] 오 [illegible] 나 [illegible] 라

[illegible] 라 [illegible] 大 [illegible] ᄒᆞ [illegible] 수 [illegible] 다 [illegible] 니 [illegible] 이 [illegible] 다 [illegible] 나 [illegible] 劫 [illegible] 에 難

이 地띵 獄옥 애 [illegible] ᄒᆞ [illegible] 산 提뗑 希힁 國귁 에 [illegible] 女 [illegible] 一 [illegible]

[illegible] 니 [illegible] 難난 陁땅 一 [illegible] 이 [illegible] 잇 [illegible] 女 [illegible] 살 [illegible] 國 [illegible] 삭

[illegible] 가 [illegible] 이 [illegible] 佛 [illegible] 王 [illegible] 이 [illegible] 或 [illegible] 나

[illegible] 아 [illegible] 이 [illegible] 다 [illegible] 이 [illegible] 다 [illegible] 이 [illegible] 에

[illegible] 아 [illegible] 시 [illegible] 다 [illegible] 이 [illegible] ᄒᆞ [illegible] 니

[illegible] 니 [illegible] 이 [illegible] 니 [illegible] 이 [illegible] 다 [illegible] 의

[illegible] 니 [illegible] 虛 [illegible] 이 [illegible] 니 [illegible] 이 [illegible] 다 [illegible] 施

施 [illegible] 이 [illegible] 다 [illegible] 이 [illegible] 다 [illegible] 머

국어과 선생님이 뽑은 O. 헨리 단편선

마지막 잎새 & 크리스마스 선물

dskimp2004@naver.com 엮음

북·앤·북

국어과 선생님이 뽑은 O. 헨리 단편선
마지막 잎새 & 크리스마스 선물 외

초판 1쇄 | 2008년 9월 15일 발행
초판 5쇄 | 2016년 1월 15일 발행

지은이 | O. 헨리
옮긴이 | 오정환
엮은이 | dskimp2004@naver.com
교　정 | 이정민
디자인 | 인지숙
일러스트 | 이혜인 · 최유경
펴낸이 | 이경자
펴낸곳 | 북앤북

주소 | 서울 마포구 월드컵로 11길 35, 101동 502호
전화 | 02-336-9948
팩시밀리 | 02-337-4315
등록 | 제 313-2008-000016호

ISBN 978-89-89994-43-5 03840
잘못된 책은 구입하신 서점에서 바꾸어 드립니다.

이 책에 수록된 작품은 〈동서 그레이트북〉 시리즈로
번역된 것을 개정 · 편집하였으며 표기는 '한글 맞춤법' 과
'외래어 표기법' 을 따랐습니다.

마지막 잎새 & 크리스마스 선물을

에게 드립니다

O. 헨리

마지막 잎새 · 크리스마스 선물 外

차례

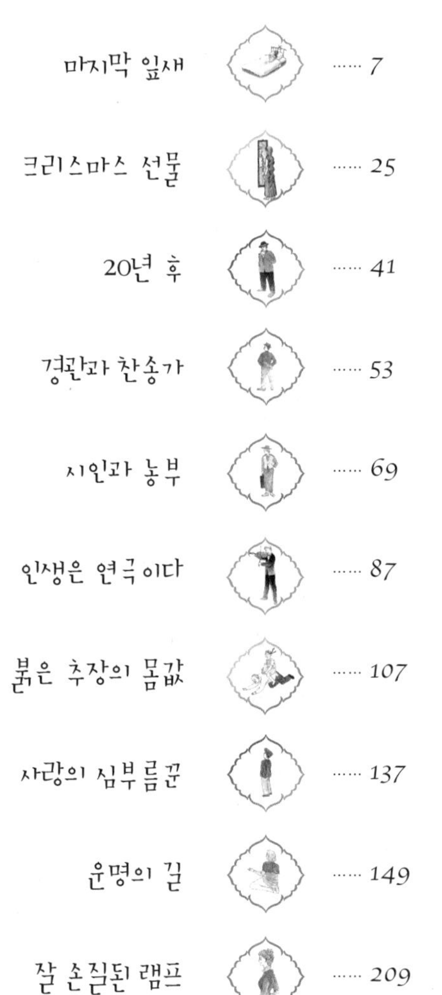

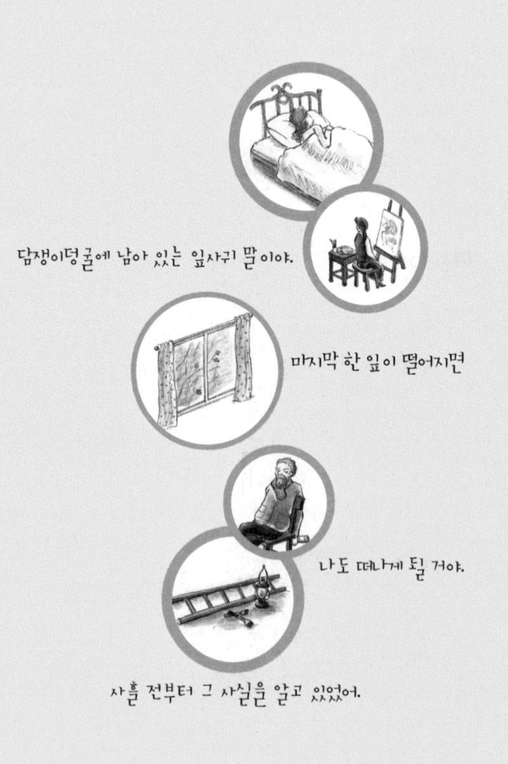

담쟁이덩굴에 남아 있는 잎사귀 말이야.

마지막 한 잎이 떨어지면

나도 떠나게 될 거야.

사흘 전부터 그 사실을 알고 있었어.

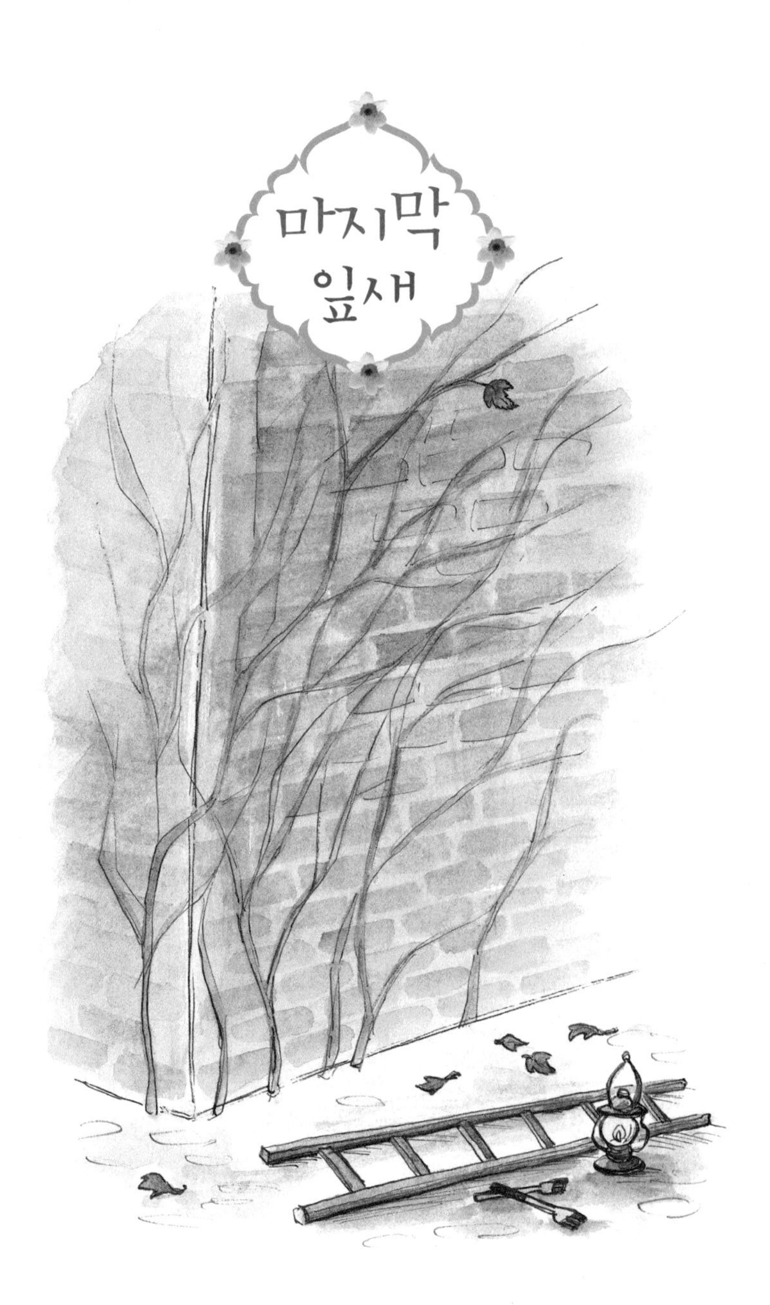
마지막
잎새

워싱턴 스퀘어 서쪽에 있는 작은 구역은 여러 갈래의 길이 복잡하게 얽혀서 '플레이스' 라는 골목길로 나뉘어 있었습니다. 이 '플레이스' 는 구불구불한 곡선으로 되어 있어 어떤 길은 본래의 길과 교차되기도 하였습니다.

그것을 보고 어떤 화가가 기발한 생각을 해냈습니다. 그림물감과 종이, 캔버스 값 따위를 받으러 온 수금원이 이 골목으로 들어왔다가 한푼도 받지 못한 채 오던 길로 되돌아가야 한다면 어떻게 될까?

이 고풍스럽고 색다른 그리니치 빌리지에 화가들이 하나 둘씩 모여들어 십팔 세기풍의 셋방과 네덜란드식 다락방을 찾아다니기 시작했습니다. 그들은 6번가에서 백랍제 컵과 탁상용 난로를 사들고 들어오기 시작했고 마침내 이곳에 '예술가 마을' 이 생기게 되었습니다.

수와 존시의 아틀리에는 벽돌로 지은 나지막한 3층 건물 꼭대기에 있었습니다. '존시'란 조엔너의 애칭이었습니다. 수는 메인 주에서 태어났고 존시는 캘리포니아 주에서 태어났습니다. 두 사람은 8번가의 식당 '델모니코'에 식사를 하러 갔다가 알게 되어 예술이나 꽃상추 샐러드를 좋아하는 것, 혹은 옷차림이나 취미가 비슷한 것을 알게 되어 아틀리에를 함께 쓰기로 했습니다. 그것이 지난 5월의 일이었습니다.

찬바람이 불기 시작하는 십일월이 되자 '폐렴'이라는 무서운 침입자가 이 예술가 마을을 돌아다니면서 사람들을 괴롭히기 시작했습니다. 지구 반대쪽에서도 이 무법자가 활개를 치고 다니며 닥치는 대로 수십 명의 목숨을 앗아갔다고 합니다. 하지만 이 비좁고 낡은 '플레이스'의 미로에서는 그의 발걸음 역시 빠르지 못했습니다.

폐렴은 기사도 정신을 가진 신사라고 할 만한 놈이 아니었습니다. 캘리포니아의 미풍 속에 살아 왔던 작고 여린 아가씨들은 피투성이가 된 손과 거친 숨결만 노리는 이 늙은 악한이 공격할 만한 사냥감이 아니었습니다. 그럼에도 불구하고 존시는 불행하게도 폐렴에 걸리고 말았습니다. 그녀는 꼼짝없이 쇠침대 위에 누워 네덜란드풍으로 장식된 작은 창문 너머로 이웃 벽돌집의 황량한 벽만을 바라보는 신세가 되고 말았습니다.

그러던 어느 날 아침, 짙은 회색 눈썹을 가진 의사가 수를 복도로 불러냈습니다.

"저 아가씨가 회복될 가능성은……. 글쎄, 아마 열에 하나라고 할 수 있을까요."

그는 체온계를 흔들며 암울한 목소리로 말했습니다.

"그 가능성도 환자의 살려는 의지가 어느 정도냐에 달려 있어요. 저렇게 제발로 장의사에게 가려고만 한다면 약도 아무 소용이 없습니다. 내가 보기에 저 아가씨는 병이 낫지 않을 거라고 생각하는 것 같아요. 무슨 걱정거리라도 있는 건가요?"

"저 애는 늘 나폴리를 그리고 싶어했어요."

수가 작은 목소리로 대답했습니다.

"그림을 그린다고요? 어리석군요! 그보다 더 심각한 무슨 걱정거리가 있는 게 아닐까요? 이를테면 남자 문제라든가."

"남자라고요?"

수는 어이가 없다는 듯 큰 소리로 말했습니다.

"남자한테 그럴 가치가……. 아닙니다, 선생님. 그런 사람은 없습니다."

"그렇겠지요. 그럼 그게 바로 약점이로군요."

의사는 계속 말을 이었습니다.

"그러면 내 최선을 다해 의술로 할 수 있는 일을 해보겠습니다. 하지만 환자가 자기 장례식 행렬에 따르는 자동차 수를 상상하기 시작하면 약효는 반으로 줄어드는 법입니다. 만일 저 환자가 친구에게 이번 겨울에 유행할 외투가 어떤 것이냐고 물을 정도가 된다면 가능성은 열에 하나가 아니라 다섯에 하나가 된다고 확신할 수 있습니다."

의사가 돌아가자 수는 작업실로 돌아가서 휴지가 흠뻑 젖도록 울었습니다. 그러고 나서 언제 그랬냐는 듯이 화판을 들고 기분 좋은 표정으로 휘파람을 불면서 존시의 방으로 들어갔습니다.

존시는 침대에 누운 채 꼼짝도 하지 않고 창문 쪽을 바라보고 있었습니다. 수는 그녀가 잠이 든 줄 알고 휘파람을 그쳤습니다. 그리고 화판을 얹어놓고 잡지의 삽화로 쓸 펜화를 그리기 시작했습니다. 젊은 작가가 잡지에 소설을 쓰면서 경력을 쌓듯 젊은 화가 역시 예술의 길을 닦기 위해 잡지의 삽화를 그려야 했던 것입니다.

수는 마술 쇼를 할 때 입는 멋진 승마 바지에 외눈 안경을 쓴 주인공 카우보이를 그리고 있었습니다. 그

때 문득 낮은 목소리가 몇 번 반복되는 것을 들었습니다.

수는 급히 존시 곁으로 다가갔습니다. 존시는 눈을 크게 뜨고 창밖을 내다보며 숫자를 거꾸로 세고 있었습니다.

"열둘."

그러고 나서 조금 있다가 '열하나', 그러고는 '열', '아홉', 그리고 거의 동시에 '여덟', '일곱'.

수는 걱정스러운 눈으로 창밖을 내다보았습니다. 무엇을 세고 있는 것일까. 창밖에 펼쳐진 풍경은 쓸쓸한 마당과 높이가 이십 피트쯤 되는 벽돌집의 황량한 벽뿐이었습니다. 그리고 그 벽에는 울퉁불퉁한 뿌리를 가진 오래된 담쟁이덩굴 한 그루가 중간쯤까지 기어올라와 있었습니다. 덩굴의 잎사귀는 싸늘한 가을바람에 떨어져 나가고 앙상한 가지만이 차가운 벽에 달라붙어 있었습니다.

"존시, 무얼 보고 있는 거니?"

수가 존시의 손을 잡으며 물었습니다.

"여섯."

존시는 속삭이듯이 말했습니다.

"떨어지는 게 점점 빨라져. 사흘 전엔 백 개쯤 남아 있었지. 세느라고 머리가 아플 정도였어. 하지만 이젠 간단해. 어머, 또 하나가 떨어졌네. 이제 다섯이 남아 있을 뿐이야."

"다섯이라고? 그게 뭐야? 나한테도 가르쳐줘."

"담쟁이덩굴에 남아 있는 잎사귀 말이야. 마지막 한 잎이 떨어지면 나도 떠나게 될 거야. 사흘 전부터 그 사실을 알고 있었어. 선생님도 그렇게 말씀하셨지?"

"아니야, 그런 바보 같은 소리는 들어보지도 못했어."

수는 호들갑스럽게 웃으며 말했습니다.

"담쟁이덩굴의 마른 잎사귀하고 네가 낫는 것하고 무슨 상관이 있니. 전엔 저 담쟁이덩굴이 마음에 든다고 했잖아. 넌 참 못됐구나. 너무 바보 같은 말만 하잖아. 선생님이 오늘 아침에 말씀하셨어. 네 병이 나을 수 있는 가능성은……. 어머, 선생님이 뭐라고 하셨더라. 그새 잊었네. 아, 맞아. 나을 가능성은 하나에 열이래. 뉴욕에서 전차를 타거나 공사 중인 빌딩 곁을 지나가도 그 정도 위험은 늘 있게 마련이라는 거야. 수프 좀 마셔보겠니? 그리고 나 그림 좀 그리게 해줘. 그림을 팔아야 아파서 누워 있는 아기한테 포도주를 사주고, 또 먹고 싶은 돼지고기도 살 수 있잖아."

"이젠 포도주 같은 건 살 필요 없어."

존시는 창밖에 시선을 둔 채 말했습니다.

"저것 봐, 또 떨어졌어. 아냐, 수프는 먹지 않을래. 이제 남아 있는 건 네 잎뿐이야. 어두워지기 전에 마지막 잎새가 지는 걸 보고 싶어. 그러면 나도 떠날 거야."

"존시!"

수는 존시 위로 몸을 숙이며 말했습니다.

"내가 그림을 다 그릴 때까지만이라도 눈을 감고 창밖을 보지 않겠다고 약속해줘. 내일까지 그림을 넘겨줘야 한단 말이야. 그래서 햇빛이 필요해. 그렇지 않으면 커튼을 내려버렸을 거야."

"옆방에서 그리면 안 되겠니?"

존시는 냉정하게 말했습니다.

"네 곁에 있고 싶어서 그래."

수가 목소리를 높이며 말했습니다.

"그뿐이 아니야. 저런 말라비틀어진 담쟁이덩굴 잎이나 멍하니 바라보고 있는 바보 같은 짓을 못하게 하려고 그래."

"그럼, 다 그리면 알려줘."

존시는 눈을 감은 채 조각상처럼 핏기 없는 얼굴로 가만히 누워 있었습니다.

"마지막 잎새가 떨어지는걸 보고 싶어. 기다리다 지쳤어. 생각하는 것도 지쳤어. 난 모든 것에 대한 집착을 버리고 저 불쌍하고 지친 담쟁이덩굴 잎새처럼 조용히 지고 싶어."

"존시, 그만 잠이나 자두렴."

수가 말했습니다.

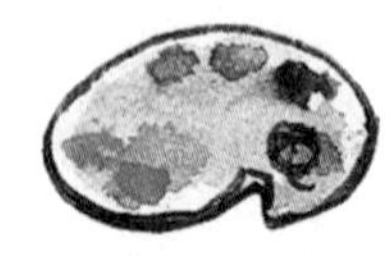

"아래층에 사는 베어먼 씨에게 세상을 등지고 동굴에 사는 노인의 모델이 되어 달라고 해야겠어. 금방 돌아올 테니 내가 돌아올 때까지 움직이면 안 돼."

베어먼 노인은 층계 아래 지하실에 사는 화가였습니다. 예순 살이 넘었으며, 미켈란젤로가 조각한 모세와 같은 수염을 기르고 있었습니다. 그는 예술가로서는 낙오자였습니다. 사십 년 동안 붓을 놓지 않으면서도 예술의 여신 뮤즈의 옷자락에도 손이 미치지 못했습니다.

입버릇처럼 걸작을 그린다고 말하면서도 아직 시작도 하지 못한 채 지난 수년 동안 상업용이나 광고용 그림만을 서툰 솜씨로 가끔 그릴 뿐이었습니다. 가끔가다 전문 모델을 채용하지 못하는 예술가 마을의 젊은 화가들에게 모델이 되어주고 몇 푼씩 돈을 받아 연명하고 있었습니다. 그리고 늘 술에 취해 있으면서도 언젠가는 걸작을 그리겠다고 떠벌리곤 했습니다.

그는 몸집은 작았지만 성격이 거세 나약한 사람을 만나면 무척 경멸하며 멸시했습니다. 그리고 위층 아틀리에에 사는 두 젊은 화가를 지키는 감시인 역할을

자처하고 있었습니다.

어두컴컴한 지하실의 움막 같은 방에서는 노간주나무 열매 냄새가 물씬 풍겼습니다. 한쪽 구석에는 이젤이 세워져 있었는데, 거기에는 이십오 년 동안이나 걸작의 첫 붓질을 기다리며 아무것도 그려져 있지 않은 휑한 캔버스가 얹혀 있었습니다.

수는 노인에게 존시의 괴상한 망상을 말해 주며, 나뭇잎처럼 가볍고 여린 그녀가 세상에 대한 애착을 버린다면 정말로 마른 나뭇잎처럼 지고 말지도 모른다고 말했습니다.

그러자 베어먼 노인은 핏발이 선 눈에 눈물을 글썽이며 존시의 어리석은 공상을 비웃었습니다.

"뭐라고?"

그는 강한 독일어 억양을 숨기지 않고 소리쳤습니다.

"다 썩은 담쟁이덩굴 잎사귀가 떨어져도 그 애가 죽지는 않아. 그리고 네가 말하는 세상을 등진 어리석은 사람의 모델 같은 건 해줄 수 없어. 너는 왜 존시가 그런 어리석은 생각을 하게 내버려두는 거냐? 아, 가여운 존시!"

"병이 깊어져서 마음이 무척 약해졌어요."

수가 말했습니다.

"그리고 고열 때문에 머리가 이상해졌는지 엉뚱한 공상만 해요. 하지만 괜찮아질 거예요. 베어먼 할아버지, 모델이 되고 싶지 않으면 안 해도 상관없어요. 하지만 할아버지도 너무 말만 앞세워요."

"너도 어쩔 수 없는 여자애로구나."

베어먼이 소리쳤습니다.

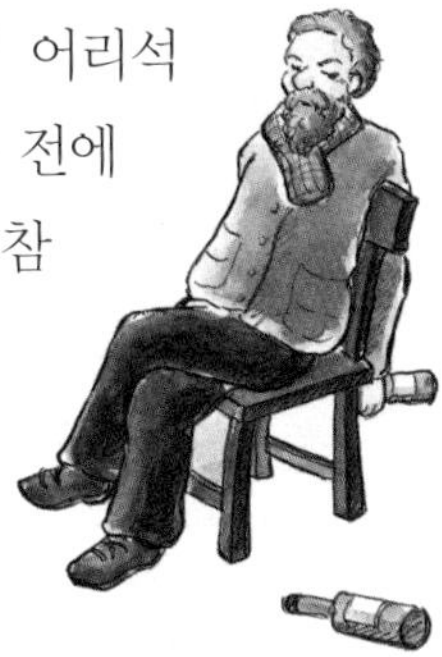

"누가 모델이 되지 않겠다고 했어? 어리석은 말은 그만두고 함께 가자. 삼십분 전에 이미 모델이 되어주겠다고 말하려던 참이야. 그리고 이곳은 존시 같은 착한 아가씨가 병들어 누워 있을 곳이 아니야. 이제 내가 걸작을 그려줘야겠어. 그 후에 우리 함께 어디론가 이사를 하는 거야. 그렇지! 암 그렇게 해야지."

위층에 올라가 보니 존시는 잠들어 있었습니다. 수는 커튼을 창문 아래까지 내리고 베어먼에게 옆방으로 가자고 손짓을 했습니다. 그런 다음 두 사람은 창 너머로 조용히 담쟁이덩굴을 바라보다가 한순간 서로 말없이 얼굴을 마주 보았습니다.

차가운 진눈깨비가 쉬지 않고 내리고 있었습니다. 베어먼 노인은 낡아빠진 푸른 셔츠를 입고 바위 대신 엎어놓은 큰 냄비 위에 앉아, 동굴 속에 사는 세상을 등진 사람의 모델이 되어 주었습니다.

이튿날 아침, 수가 한 시간쯤 자고 나서 깨어 보니 존시는 생기 없는 눈을 둥그렇게 뜨고 창문에 드리운 푸른색 커튼을 물끄러미 바라보고 있었습니다.

"커튼을 올려줘. 창밖을 보고 싶어."

존시가 속삭이는 듯한 목소리로 말했습니다.

수는 어쩔 수 없이 그녀가 시키는 대로 했습니다.

그런데 이게 어찌된 영문일까요. 밤새 세찬 비바람이 미친 듯이 휘몰아쳤는데도 벽 위에는 담쟁이덩굴 잎새 하나가 아직도 남아 있는 것이었습니다. 그것은 담쟁이덩굴에 남아 있는 마지막 잎새였습니다. 잎자루 부위는 아직도 짙은 초록빛이었지만 톱니 모양의 가장자리는 노랗게 말라버린 잎새 하나가 이십 피트나 되는 높다란 벽에 보란 듯이 매달려 있었습니다.

"마지막 잎새야."

존시가 말했습니다.

"밤 사이에 틀림없이 떨어져버릴 줄 알았는데. 저렇게 바람이 부는데도……. 하지만 오늘은 떨어지겠지. 그러면 나도 죽을 거야."

"존시, 그게 무슨 소리야!"

수는 지친 얼굴을 베개로 감싸며 말했습니다.

"네 일을 생각하지 않는다면 나를 좀 생각해줘. 나

는 어떻게 하라고 그러는 거니?"

하지만 존시는 아무 대답도 하지 않았습니다.

멀리 여행을 떠날 결심을 하고 있는 영혼만큼 고독한 것은 없습니다. 죽음에 대한 환상이 점점 더 그녀의 마음을 붙잡을수록 그녀는 친구뿐만 아니라 이 땅에 매어두고 있던 끈을 하나하나 놓아버리려 했습니다.

그렇게 그날은 지나갔습니다. 하지만 저녁이 되어도 잎사귀 하나가 벽 위의 담쟁이덩굴에 매달려 있는 것이 분명하게 보였습니다. 이윽고 밤이 깊어지자 차가운 북풍이 다시 불기 시작했습니다. 세찬 비가 창문을 두드리며 나지막한 네덜란드풍의 차양을 따라 빗방울을 떨어뜨리고 있었습니다.

다음날 아침이 밝자마자 존시는 커튼부터 올려달라고 말했습니다.

그러나 담쟁이덩굴 잎새는 아직 그대로 매달려 있었습니다. 존시는 오랫동안 그것을 바라보았습니다. 그러다가 수를 불렀습니다. 닭고기 수프를 끓이던 수는 존시에게 다가왔습니다.

"수, 난 나쁜 애였어. 저 마지막 잎새가 어떤 보이지 않는 힘에 의해 지금까지도 남아 있는 건, 내가 얼마나 많은 죄를 지었는지 가르쳐 주려는 거야. 죽으려고 하는 건 크나 큰 죄악이야. 이제 수프를 먹어야겠어. 그리고 포도주를 탄 우유도. 아니 그보다 먼저 손거울 좀 갖다줄래? 그리고 등 밑에 베개를 몇 개 넣어주지 않겠니? 몸을 일으켜서 네가 요리하는 걸 보고 싶어."

그리고 한 시간쯤 지난 뒤 그녀가 다시 말했습니다.

"수, 언젠가는 나폴리를 꼭 그려보고 싶어."

오후에 의사가 왔습니다. 수는 의사와 함께 복도로 나갔습니다.

"이제 희망은 반반입니다."

의사는 수의 가냘픈 손을 잡고 웃으며 말했습니다.

"간호만 잘하면 곧 회복할 수 있을 테니 걱정하지 않아도 되겠어요. 그건 그렇고, 아래층에도 환자가 생겼어요. 베어먼이라고 하는 화가인가 봐요. 역시 폐렴입니다. 나이도 많고 몸도 약한데 급성이라 가망이 없답니다. 편하게 해주려고 오늘 입원시키기로 했어요."

이튿날 의사가 다시 와서 수에게 말했습니다.

"이제 위기는 벗어났습니다. 아가씨가 이긴 겁니다. 나머지는 영양 보충과 간병, 그것만 남았어요."

그날 오후, 존시는 침대에 앉아 짙은 푸른색 털실로 숄을 짜면서 흐뭇해 하고 있었습니다. 그때 수가

다가와서 그녀를 살며시 껴안았습니다.

"존시, 너한테 할 얘기가 있어."

수가 말했습니다.

"베어먼 할아버지가 오늘 병원에서 폐렴으로 돌아가셨어. 겨우 이틀 앓은 것뿐인데 말이야. 아침에 관리인이 지하실 방에서 고통스러워하는 할아버지를 발견했을 때는 도저히 손쓸 방법이 없었나 봐. 구두와 옷이 땀으로 온통 젖어 있었고 몸은 얼음장처럼 차가웠대.

그렇게 북풍이 거센 밤에 어딜 갔었는지 옆 건물 아래에서 아직 불이 켜진 램프와 사닥다리 옆에 흩어져 있는 붓 몇 자루가 발견되었대.

저기를 좀 봐, 창문 밖의 마지막 담쟁이덩굴 잎새를. 바람이 부는데도 움직이지 않는 게 이상하다고 생각되지 않아?

존시, 저것은 베어먼 할아버지의 최후의 걸작이야. 마지막 잎새가 지던 날 밤, 할아버지가 그것을 벽에다 그린 거지."

크리스마스 선물

크리스마스 선물

1달러 팔십칠 센트뿐이었습니다. 게다가 그중 육십 센트는 1센트짜리 동전이었습니다. 건어물이나 채소, 고기 등을 살 때마다 구두쇠처럼 값을 깎다가 가게 주인들의 잔소리를 들어가며 한 닢 두 닢 모은 동전이었습니다. 델러는 그것을 몇 번이나 다시 세어보았습니다. 1달러 팔십칠 센트. 내일이 벌써 크리스마스였습니다.

그렇지만 델러는 작고 낡은 소파에 엎드려 소리 내어 우는 수밖에 달리 방법이 없었습니다. 그렇게 울면서 인생이란 '흐느낌'과 '훌쩍임', 그리고 '미소'가 반복되는 것이고, 특히 눈물을 흘릴 때가 더 많다는 것을 깨달았습니다.

한참 울고 난 델러는 방 안을 둘러보았습니다. 일주일에 8달러의 집세를 내는 가구가 딸린 아파트. 한 눈에 보기에도 심하게 낡았으며, 부랑자들을 잡으러 쳐들어오는 경찰들을 피하기 위해 아파트라는 이름을 붙인 게 틀림없었습니다.

편지 한번 온 적이 없는 우편함과 아무리 눌러도 소리가 날 것 같지 않은 초인종이 있는 아파트 현관. 거기에는 또 '제임스 딜링검 영'이라는 명패가 붙어 있습니다. 그 '딜링검'이라는 명패도 그가 일주일에 삼십 달러를 받던 좋은 시절에는 바람이 불어도 흔들리지 않았지만, 수입이 주당 이십 달러로 줄어든 지금은 'D'자 한 자로 줄여버릴까 생각하는 것처럼 흐릿하게 보였습니다.

하지만 그 제임스 딜링검 영 씨는 2층의 자기 집에 돌아오면 '짐'으로 불리고, 이미 델러라는 이름으로 소개한 제임스 딜링검 영 부인에게 언제나 따뜻한 환대를 받았습니다. 정말 멋진 일이 아닐 수 없습니다.

델러는 눈물을 닦고 분첩으로 얼굴을 두드리며, 창가에 서서 뒷마당의 담장 위로 잿빛 고양이가 기어가는 것을 물끄러미 바라보았습니다.

내일이 크리스마스인데 짐에게 줄 선물을 살 돈이 겨우 1달러 87센트밖에 없다니. 몇 개월 동안 1센트도 헛되이 쓰지 않고 아끼고 또 아껴 왔는데도 형편이 그런 것입니다. 일주일에 이십 달러로는 어쩔 도

리가 없었습니다. 지출이 수입보다 더 많았으니 어쩔 수 없는 노릇입니다. 지출이란 늘 그런 법입니다.

짐에게 줄 선물을 사려는데 1달러 팔십칠 센트밖에 없다니……. 델러는 짐에게 뭔가 멋진 선물을 주려고 이런저런 계획을 하면서 몇 시간 동안 행복한 공상에 잠겨 있었습니다. 뭔가 흔치 않은 멋지고 훌륭한 것,

짐에게 조금이라도 걸맞는 것을 생각하면서.

방 안의 창문과 창문 사이에는 벽걸이 거울이 있었습니다. 일주일에 8달러짜리 아파트에서 흔히 볼 수 있는 그런 거울이었습니다. 많이 여위고 몸놀림이 재빠른 사람이라면 그 거울에 비친 자기 모습의 조각들을 맞추어 어떻게든 정확한 자기의 전신을 볼 수 있을 것입니다. 여기저기 깨지고 금이 간 거울이기 때문입니다. 델러는 날씬해서 그런 기술에 능숙했습니다.

그녀는 문득 창문에서 몸을 돌려 거울 앞에 섰습니다. 눈은 반짝이고 있었지만 얼굴은 이십 초도 안 되어 창백해졌습니다. 재빨리 머리를 풀어 길게 늘어뜨려 보았습니다.

제임스 딜링검 부부에겐 무척 자랑스럽게 여기는 것이 두 가지 있었습니다. 할아버지 것이기도 하고 아버지 것이기도 했던 짐의 금시계와 델러의 긴 머리카락이었습니다. 만일 시바의 여왕이 골목길 저쪽 아파트에 살고 있다가 어느 날 델러가 머리카락을 말리기 위해 창밖으로 늘어뜨린 것을 본다면, 아마 여왕의 보석과 보물들의 가치는 단숨에 떨어지고 말 것입니다.

또 만일 솔로몬 왕이 재물을 이 아파트 지하실에

쌓아두고 이곳 관리인으로 일하고 있다 하더라도, 짐이 그 앞을 지날 때마다 금시계를 꺼내 본다면 왕은 부러운 나머지 자신의 턱수염을 쥐어뜯을 것입니다.

델러의 아름답게 빛나는 머리카락은 갈색의 폭포처럼 물결치면서 어깨에 드리워져 있었습니다. 그것은 무릎 아래까지 닿아 마치 기다란 외투 같았습니다. 그러다 델러는 초조해하며 서둘러 머리카락을 틀어 올렸습니다. 그 순간 그녀는 풀이 죽고 말았습니다. 멍하니 서 있는 동안 다 낡아빠진 매트 위로 한 방울 두 방울 눈물이 떨어졌습니다.

델러는 천천히 낡은 재킷과 갈색 모자를 몸에 걸친 뒤 문을 열고 밖으로 나갔습니다. 아직도 두 눈에는 눈물이 글썽거리고 있었습니다.

거리로 나온 델러는 '마담 소프로니 가발 전문점'이라는 간판이 걸려 있는 곳에서 걸음을 멈추었습니다. 그리고는 단숨에 계단을 뛰어올랐습니다. 그 다음 헐떡이는 숨을 가라앉히며 마음을 진정시키려 애썼습니다. 가게를 지키는 주인 여자는 몸집이 크고 피부가 너무 흰 데다가 차가운 인상이어서 아무리 보아도 '소프로니'라는 이름이 어울리지 않았습니다.

"내…… 머리카락을 사지 않겠어요?"

델러가 더듬거리면서 입을 열었습니다.

"사고말고요. 모자를 벗고 머리 모양을 잠깐 보여

주세요."

주인 여자가 흔쾌히 대답했습니다.

갈색의 폭포가 잔물결을 일으키며 흘러내렸습니다.

"이십 달러 드리죠."

익숙한 손놀림으로 머리카락을 틀어 올리면서 주인 여자가 말했습니다.

"좋아요. 돈을 주세요."

델러는 돈을 받아쥐고는 서둘러 밖으로 나왔습니다.

그로부터 두 시간 후, 시간은 장밋빛 날개를 타고 사뿐히 날아갔습니다. 아니, 이런 엉터리 비유 따위는 아무래도 좋습니다. 그녀는 이 가게 저 가게로 짐에게 줄 선물을 찾아다녔습니다.

그리고 마침내 그것을 찾아냈습니다. 그것은 정말로 짐을 위해 만들어진 것 같았습니다. 다른 어느 가게에도 이런 것은 없었습니다. 가게란 가게는 다 샅샅이 뒤진 결과였습니다. 그것은 산뜻하고 고상한 디자인의 플라티나 시곗줄이었습니다. 고급품이 다 그렇듯이 야한 장식 따위가 있었지만 품질만으로 그 값어치는 충분해 보였습니다.

그 '금시계'에 달아도 결코 천박스럽지 않을 물건이었습니다. 그것을 보는 순간 델러는 이것이야말로 바로 짐의 것이라고 생각했습니다. 그것은 정말 짐에게 썩 잘 어울리는 시곗줄이었습니다. 중후함과 가치, 이 것은 짐과 시곗줄에 어울리는 표현이었습니다. 델러는 그것을 이십일 달러를 주고 산 뒤 팔십칠 센트를 남겨 가지고 서둘러 집으로 돌아왔습니다.

금시계에 이 시곗줄을 달면 짐은 누구 앞에서나 뽐내며 시계를 볼 수 있을 것입니다. 시계는 훌륭했지만 시곗줄이 가죽으로 된 것이어서 짐은 시계를 몰래 들여다보곤 했던 것입니다.

집에 오니 흥분이 어느 정도 가라앉았습니다. 그리고 그녀는 사랑을 위해 아낌없이 잘라버린 머리를 매만지기 시작했습니다. 하지만 그건 보통 일이 아니었습니다. 정말 엄청난 일이 아닐 수 없었습니다.

사십 분쯤 지나자 델러의 머리는 가지런하게 다듬어진 짧고 예쁜 고수머리로 바뀌어 마치 학교에 다니는 학생 같았습니다. 그녀는 거울에 비친 자기 모습을 찬찬히 들여다보았습니다.

"짐은."

델러는 혼자 중얼거렸습니다.

"나를 보자마자 죽이려 들지는 않더라도 틀림없이 코니아일랜드의 코러스걸 같다고 할 거야. 하지만 어

쩔 수 없어. 단돈 1달러 팔십칠 센트로 무얼 살 수 있겠어?"

7시, 커피가 다 끓었습니다. 그리고 금방이라도 고기 요리를 만들 수 있게 프라이팬을 뜨겁게 달구어놓았습니다.

짐은 집에 늦게 돌아오는 경우가 없었습니다. 델러는 시곗줄을 둘로 접어서 손에 쥐고 짐이 늘 들어오는 문 앞 테이블 끝에 앉았습니다. 이윽고 아래층에서 층계를 밟고 올라오는 발소리가 들렸습니다. 한순간 델러의 얼굴이 창백해졌습니다. 그녀는 요즘 아무 일도 아닌 일에 짧게 기도하는 버릇이 생겼습니다. 지금도 조용히 중얼거렸습니다.

"하느님, 짐이 저를 전과 다름없이 예쁘게 생각하도록 해 주세요."

문이 열리고 짐이 들어왔습니다. 그는 수척한 얼굴에 매우 진지한 표정이었습니다. 가엾게도 아직 스물두 살밖에 되지 않았는데 가장이라는 무거운 짐을 지고 있다니! 짐의 외투는 낡아서 새로 맞추어야 하고 장갑도 없었습니다.

짐은 문 안쪽에 멈춰 서서 메추라기 냄새를 맡은 사냥개처럼 꼼짝도 하지 않았습니다. 그는 델러를 뚫

어지게 바라보며 서 있었습니다. 그의 눈에는 델러로서는 도저히 이해할 수 없는 표정이 서려 있었습니다.

그 표정에 그녀는 두려움을 느꼈습니다. 그것은 분노도, 놀라움도, 비난도, 공포도 아니었습니다. 델러가 각오하고 있던 그 어떤 반응도 아니었습니다. 짐은 기묘한 표정을 지은 채 델러를 바라보고 있을 뿐이었습니다.

델러가 먼저 비틀거리듯이 짐 곁으로 다가갔습니다.

"짐!"

그녀는 외쳤습니다.

"저를 그런 눈으로 보지 마세요. 당신한테 줄 크리스마스 선물도 준비하지 못하다니, 그런 일은 도저히 생각할 수도 없어서 머리카락을 팔았어요. 머리카락은 무척 빨리 자라요. '메리 크리스마스!' 라고 말해줘요. 당신을 위해 얼마나 멋진 선물을 준비했는지 모를 거예요."

"머리카락을 잘라 버렸다고?"

짐은 아무리 생각해도 이 상황을 이해할 수 없다는 듯이 겨우 입을 열었습니다.

"네, 잘라서 팔았어요."

델러가 대답했습니다.

"그래도 전과 다름없이 저를 사랑해 주실 거죠? 머리카락이 없어도 저는 역시 저예요, 그렇죠?"

짐은 두리번거리듯 방 안을 둘러보았습니다.

"당신 머리카락은 이제 없어져 버렸군."

그는 얼이 빠진 사람처럼 말했습니다.

"찾을 필요 없어요."

델러가 말했습니다.

"팔아 버렸어요. 팔아서 이젠 없어요. 오늘 밤은 크리스마스 이브니까 다정하게 대해 주세요. 당신을 위해서 판 거예요. 제 머리카락은 틀림없이 하느님이 세어주셨다고 믿어요(마태복음 10장 30절)."

그녀가 다정하게 말을 이었습니다.

"하지만 제가 당신을 사랑하는 것은 아무도 헤아릴 수 없어요. 고기 요리를 불에 얹을까요, 짐?"

그러자 짐은 제정신이 드는 것 같았습니다. 그리고 사랑스런 델러를 꼭 껴안았습니다.

여기서 잠깐 이 이야기에서 벗어나 별로 중요하지는 않지만 다른 일을 하나 신중하게 생각해 보기로 합시다. 일주일에 8달러와 1년에 백만 달러는 어떤 차이가 있을까요? 유명한 수학자나 현자에게 물어본다 해도 정확한 답은 얻을 수 없을 것입니다. 저 동방의 현자들은 값진 선물을 가지고 찾아왔지만, 그 선물 안에도 올바른 대답은 없었습니다. 이 이해하기

어려운 말들은 나중에 알게 될 것입니다.

짐은 외투 호주머니에서 작은 상자를 꺼내 테이블 위에 놓았습니다.

"오해하지 마, 델러."

그가 말했습니다.

"머리카락을 잘랐다고 해서 내가 아내를 사랑하지 않는다고 생각해? 그렇지만 이 상자를 열어보면 내가 왜 잠시 머뭇거렸는지 알게 될 거야."

델러의 하얀 손가락이 재빠르게 끈을 풀고 상자를 열었습니다. 그리고 곧이어 환성이 터져 나왔습니다. 하지만 그 다음 순간, 환성이 통곡으로 바뀌어 짐은 온 힘을 다해 아내를 달래야만 했습니다. 거기에는 빗이 한 벌 들어 있었습니다. 델러가 브로드웨이의 진열장에서 본 뒤 그렇게 갖고 싶어하던 바로 그 머리빗이었습니다.

가장자리에 보석이 박힌 빗은, 지금은 잘라내고 없는 그녀의 아름다운 머리칼에 더없이 잘 어울리는 색깔이었습니다. 값이 비싸다는 것을 알고 있었기에 아무리 원해도 가질 수 있으리라고는 꿈에도 생각지 못하고 동경만 하던 빗이었습니다. 그런데 그것이 지금 델러의 것이 되었습니다.

그녀는 그것을 가슴에 꼭 안고 눈물을 글썽거리며

동시에 웃으면서 말했습니다.

"제 머리는 아주 빨리 자라요, 짐."

델러는 새끼 고양이처럼 벌떡 일어서면서 외쳤습니다.

"그래요, 정말 그래요!"

짐은 그녀가 줄 선물을 아직 보지 못했습니다. 델러가 그의 눈앞에서 손바닥을 펴 선물을 보여주었습니다. 산뜻하고 고상하게 디자인 된 시곗줄이 델러의 뜨거운 열정과 어울려 눈부시게 빛나고 있었습니다.

"어때요, 멋지죠, 짐? 거리를 온통 다 뒤져서 찾아냈어요. 이제부터는 시계를 하루에 백 번도 더 보고 싶을 거예요. 당신 시계 좀 꺼내보세요. 얼마나 잘 어울리는지 보고 싶어요."

그러나 짐은 침대 위에 벌렁 드러누워 팔베개를 하면서 웃었습니다.

"델러."

그가 말했습니다.

"우리가 주고받은 크리스마스 선물은 당분간 잘 보관해둡시다. 지금 당장 쓰기에는 너무 고급이야. 당신 빗을 사느라 돈이 필요해서 시계를 팔아 버렸어. 자, 고기 요리를 불에 올려놓아야지."

다 아는 것처럼 동방의 현자들은 현명한 사람들이었습니다. 구유 속의 아기에게 선물을 가지고 온 사람들, 그들은 참으로 현명한 사람들이었습니다. 그 현자들이 크리스마스에 선물을 한다는 생각을 해냈던 것입니다. 현명한 사람들이었기에 그 선물도 물론 현명한 것이었습니다. 아마 중복될 경우에는 다른 것과 바꿀 수 있는 특전이 있었을 것입니다.

그런데 여기서 나는 자신들이 제일 소중하게 여기는 보물을 서로를 위해 가장 현명하지 못한 방법으로 팔아버린, 유치하고 평범하기 짝이 없는 두 사람의 이야기를 했습니다.

마지막으로 현대에 사는 현명한 사람들에게 한마디 해두고 싶습니다. 이 두 사람은 어떤 사람들보다도 현명한 사람들이라고. 선물을 주고받는 사람들 중에서 이 두 사람과 같은 사람들이 있다면, 그들이야말로 현명한 사람입니다. 어디에 있든 그들이 바로 동방의 현자임에 틀림없습니다.

20년 후

순찰 경관이 건들거리며 거리를 걸어갔다. 그렇게 건들거리는 것은 습관적인 것이지 남들에게 과시하기 위한 것은 아니었다. 그는 자신의 모습이 남들에게 어떻게 보이는지 상관하지 않았다.

튼튼한 체격으로 어깨를 약간 흔들면서 걷는 이 경관은 경찰봉을 교묘한 동작으로 솜씨 있게 빙빙 돌리면서, 집집마다 문단속이 잘 되었는지 살피기도 하고 가끔 조용해진 거리에 경계하는 시선을 던지기도 했다. 그 모습은 치안 수호자의 본보기였다.

시간은 이제 겨우 밤 10시가 못 되었지만 차가운 바람이 비를 뿌리며 부는 궂은 날씨 때문에 길을 오가는 사람의 모습은 거의 찾아볼 수 없었다.

이 일대는 아침에 일찍 문을 열고 밤에도 일찍 집에 돌아가는 지역이었다. 가끔 담뱃가게나 철야 영업을 하는 간이식당에서 불빛이 비치는 때도 있지만 대부분은 사무실 출입문이라 문을 닫은 지 꽤 되었다.

어느 거리의 중간쯤에 이르렀을 때 경관은 갑자기 걸음을 늦추었다. 불이 꺼진 철물점 출입문 앞에 불을 붙이지 않은 시거를 문 한 사나이가 서 있었던 것이다.

경관이 다가가자 그 사나이는 당황해하며 말하였다.

"아무 일도 아닙니다. 경관나리."

그는 경관을 안심시키려는 듯이 말했다.

"친구를 기다리는 중이니까요. 이십 년 전의 약속이었습니다. 이렇게 말하면 좀 이상하게 들리겠지만 꾸며 낸 말이 아니라는 걸 확인하고 싶으시다면 말씀드리겠습니다. 꽤 오래 전의 일입니다만 지금 이 가게가 들어서기 전에는 레스토랑이 있었습니다. '빅조 브래디' 라는 레스토랑이었지요."

"그 가게는 5년 전까지도 있었는데 그 뒤에 헐리고 말았지요."

경관이 말했다.

출입문 앞에 서 있던 사나이는 성냥을 그어 시거에

붙을 붙였다. 그 불빛으로 모난 턱의 창백한 얼굴과 날카로운 눈매, 그리고 오른쪽 눈썹 가까이에 난 작은 흉터가 보였다. 넥타이핀에는 큼지막한 다이아몬드가 박혀 있었다.

"이십 년 전의 오늘 밤."

사나이는 말하기 시작했다.

"난 지미 웰스와 '빅조브래디'에서 함께 식사를 했습니다. 지미는 나하고 제일 친한 친구이자 세상에서 제일 좋은 녀석이었어요. 지미하고 난 뉴욕에서 마치 형제처럼 자랐었습니다. 나는 열여덟 살이었고 지미는 스무 살이었죠.

난 다음날 크게 성공할 야망을 갖고 서부로 떠나기로 되어 있었습니다. 지미는 도무지 뉴욕을 떠나려 하지 않았습니다. 그 녀석은 사람이 살 수 있는 곳이란 이곳밖에 없는 줄 알고 있었으니까요.

그래서 우린 그날 밤에 같이 식사를 하며 약속했습니다. 비록 어떤 처지에 놓여 있건 아무리 먼 곳에서 오게 되더라도 이십 년 뒤에 꼭 이 레스토랑에서 다시 만나기로요. 이십 년이 지나 어떤 사람이 되어 있을지는 모르지만 어쨌든 우리들의 운명도 정해졌을 것이고 재산도 어느 정도 모았

을 것으로 생각했던 것입니다."

"그거 꽤 재미있는 얘기로군요."

하며 경관은 이어서 말했다.

"그렇지만 다시 만날 때까지의 시간이 너무 긴 것 같군요. 당신이 서부로 떠난 뒤 그 친구한테서 소식은 없었나요?"

"있었습니다. 얼마 동안은 편지를 주고받았었죠."

사나이는 말했다.

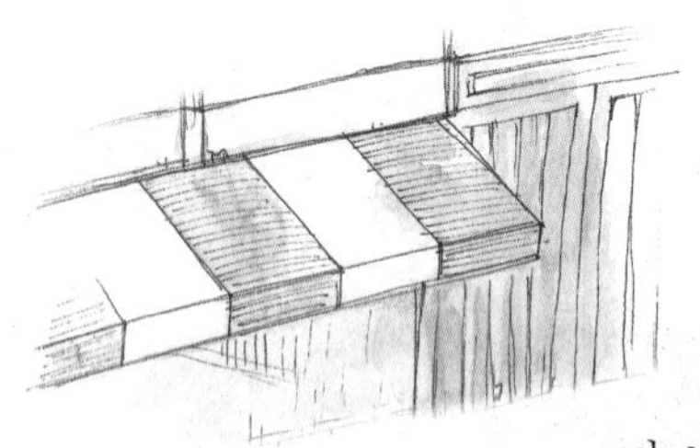

"그런데 한 해 두 해 지나는 동안 서로 소식이 끊어지고 말았습니다. 서부란 엄청나게 큰 곳인 데다가 난 언제나 바쁘게 이리저리 뛰어다녔지요. 그렇더라도 지미가 살아만 있다면 틀림없이 날 만나러 이리 올 겁니다. 그 친구는 어떤 경우에도 거짓말을 하지 않는 의리 있는 사나이였으니까요. 그 친구가 약속을 잊을 리는 없습니다. 난 오늘 이곳에 오기 위해 천 마일이나 떨어진 먼 곳에서 달려왔지만 옛 친구인 그 녀석이 와 주기만 한다면 그만한 보람은 있습니다."

기다리고 있던 사나이는 화려한 회중시계를 꺼냈다. 그 뚜껑에는 자잘한 다이아몬드가 수도 없이 박혀 있었다.

"10시 3분 전이군요."

사나이는 말했다.

"우리가 그날 이 레스토랑 앞에서 헤어진 것은 정각 10시였습니다."

"서부에 가서는 일이 잘 되었나요?"

경관이 물었다.

"물론이죠! 지미가 나의 절반만이라도 잘 되었다면 좋겠는데. 그 녀석은 좋은 녀석임에는 틀림없지만 순진하고 착실한 사람입니다. 난 남의 재산까지도 들어먹으려는 잠시도 마음을 놓을 수 없는 패거리들하고 힘을 겨루며 살아왔습니다. 뉴욕은 틀에 박힌 생활을 하는 것뿐이지만 사람을 면도날처럼 날카롭게 만들려면 역시 서부로 가야 합니다."

경관은 경찰봉을 빙글빙글 돌리면서 두세 걸음 발길을 옮겼다.

"자, 나는 이제 가보겠소. 당신 친구가 꼭 왔으면 좋겠는데, 약속 시간까지만 기다릴 건가요?"

"아니, 그렇지 않습니다."

상대방은 다시 말했다.

"적어도 삼십 분쯤은 기다려 주겠습니다. 지미가

어디서든 살아 있다면 그때까지는 올 테니까요. 안녕히 가십시오. 경관나리."

"행운을 빕니다."

경관은 집집마다 문단속을 살피며 순회 구역을 걸어갔다.

거리에는 차가운 이슬비가 내리고 가끔 변덕스러운 바람이 세차게 불어오고 있었다. 그의 곁을 지나가던 몇몇 통행인은 외투 깃을 세우고 호주머니에 두 손을 찌른 채 우울한 표정을 하고 종종걸음으로 걸어갔다.

철물점 출입문 앞에는 청년시절에 친구와 맺은 어리석고 믿기 힘든 약속을 지키기 위해 1천 마일이나 먼 곳에서 찾아온 사나이가 시거를 피우면서 기다리고 있었다.

그렇게 이십 분쯤을 기다리고 있었다. 그때 외투의 깃을 귀 언저리까지 세운 키가 큰 사나이가 거리 저쪽에서 잰 걸음으로 건너왔다. 그는 기다리고 있는 사나이에게 곧바로 다가왔다.

"보브인가?"

그는 의심스러운 듯이 소리쳤다.

"자네는 웰스 아냐?"

출입문 앞에 서 있던 사나이가 외쳤다.

"이 친구, 놀라운 걸!"

방금 온 사나이는 상대방의 손을 덥석 잡으며 외쳤다,

"보브가 틀림없구나! 자네가 살아 있다면 반드시 오리라고 믿었지. 정말 반갑다. 이십 년은 긴 세월이라 우리가 마지막으로 함께 식사했던 그 레스토랑은 없어져 버렸다네. 그 가게가 남아 있었더라면 좋았을 걸. 그래, 서부는 어땠나?"

"멋진 곳이지, 원하는 건 무엇이나 손에 넣을 수 있었으니까. 그보다 자넨 많이 달라졌군. 지미, 자네가 나보다 키가 2, 3인치나 더 커질 줄은 생각하지 못했는데……."

"난 스물이 지나고도 키가 좀 더 컸거든."

"뉴욕에선 잘 지내고 있었나, 지미?"

"그저 그렇지 뭐. 난 시청의 한 부서에서 일하고 있어. 자, 가자. 보브. 내가 잘 아는 곳에 가서 지난 이야기나 천천히 하지."

두 사나이는 서로 팔짱을 끼고 거리로 나섰다. 서부에서 온 사나이는 자신의 성공담을 늘어놓으며 지금까지 살아 온 이야기를 열심히 하기 시작했다. 상대방은 외투 깃으로 얼굴을 푹 감싼 채 흥미진진한 표정으로 이야기를 듣고 있었다.

길모퉁이에 전등을 환하게 밝힌 약국이 있었다. 그 밝은 빛 속으로 들어서자 두 사람은 동시에 서로의 얼굴을 쳐다보았다.

서부에서 온 사나이는 발걸음을 멈추더니 갑자기 팔짱 꼈던 팔을 풀었다.

그는 내뱉듯이 말했다.

"당신은 지미 웰스가 아니군! 이십 년은 긴 세월이기는 하지만 사람의 코를 매부리코에서 들창코로 바꾸어 놓을 만큼 길지는 않아."

"때로는 선한 사람이 악한 사람으로 변하는 일도 있겠지."

키가 큰 사나이가 이어서 말했다.

"너는 이미 십 분 전부터 체포된 거야, 실키 보브. 시카고 경찰에서 네가 이 도시에 나타날 거라 예상하고 수사 의뢰를 부탁하는 전보를 쳐 왔다. 점잖게 따라오겠지? 그게 네 신상에 좋을 것이다. 그런데 너한테 편지를 전해 달라는 부탁을 받았다. 순찰계 웰스 순경이 보낸 거다. 여기서 읽어 봐라."

서부에서 온 사나이는 받아든 작은 쪽지를 펼쳤다. 읽기 시작했을 때는 아무렇지도 않던 그의 손이 다 읽을 무렵에는 약간 떨고 있었다.

보브, 나는 우리들이 약속했던 시간에 그곳에 갔었네. 자네가 시거에 불을 붙이려고 성냥을 그었을 때 나는 시카고 경찰에서 수배중인 사나이의 얼굴이라는 걸 알았다네. 하지만 내 손으로 친구에게 수갑을 채울 수는 없었지. 그래서 일단 경찰서로 돌아와 사복형사에게 그 일을 대신 부탁한 것이라네.

지미가.

경관과 찬송가

경관과 찬송가

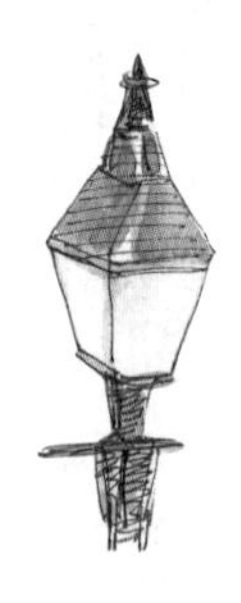

메디슨 스퀘어의 늘 찾는 벤치에 앉아 소피는 불안한 듯 몸을 들썩거리고 있었다. 날카로운 기러기 울음소리가 밤하늘의 적막을 깨고, 바다표범 모피 외투가 없는 여인들이 남편들에게 갑자기 상냥해지며, 소피가 공원 벤치에 앉아 안절부절하면 이제 겨울이 멀지 않았음을 알 수 있는 것이다.

가랑잎 하나가 소피의 무릎 위에 떨어졌다. 그것은 잭 프로스트 씨(서리를 뜻함)의 명함이다. 잭은 메디슨 스퀘어의 단골들에게 친절하여 해마다 이곳을 찾아 어김없이 겨울을 예고해 준다. 네거리의 한 모퉁이에서 잭은 '지붕이 없는 저택' 인 메디슨 스퀘어의 문지기 북풍에게 명함을 건넨다.

덕분에 그 저택에 사는 사람들도 겨울 준비를 하게 된다. 하루하루 다가오는 겨울에 대비하여 월동대책

위원회의 위원이 되어야 한다고 소피는 깨달았다. 그래서 늘 찾는 벤치에 앉아 안절부절했던 것이다.

소피가 원하는 월동대책은 사치스러운 것이 아니었다. 지중해의 유람선을 타고 싶다든가, 베수비어스만에서 뱃놀이를 하고 싶은 생각은 추호도 없었다. 섬(뉴욕 이스트리버의 교도소가 있는 작은 섬)에서 생활할 수 있는 석 달, 이것이 그의 염원이었다. 바람의 신이나 경찰을 피해 다닐 걱정도 없고, 식사와 잠자리와 마음에 맞는 친구가 보장된 그곳에서의 석 달이 소피에게는 더없이 바람직한 것이었다.

지난 몇 년 동안은 후한 대접을 받았던 블랙웰스섬이 소피의 겨우살이 집이었다. 겨울이 오면 소피보다는 행복한 뉴욕 시민들이 으레 팜비치나 리비에라로 가는 표를 사듯이 소피도 예년처럼 섬에 틀어박히기 위해 조촐한 준비를 하는 것이었다. 바로 지금 그때가 온 것이다.

어젯밤에는 일요신문을 석 장이나 웃옷 밑에 깔고 발목에도 두르고 무릎도 덮고 잤지만, 그렇게 해서는 오래된 공원의 분수 옆 벤치 위에서 추위를 이겨낼 수가 없었다. 바로 그때 '섬'이 소피의 마음속에 아련히 떠올랐다.

그는 이 동네 식객들을 위해 자선이라는 이름으로 마련된 시설을 경멸하고 있었다. 소피의 경험으로는 법률 쪽이 박애보다도 훨씬 친절했다.

시가 운영하는 시설이나 자선단체 시설은 수도 없이 많았다. 원하면 그곳의 보살핌과 간이생활에 맞는 숙박소나 음식을 얻을 수도 있었다. 그러나 소피처럼 자존심이 강한 사람에게는 자선이 마음에 들지 않았다.

비록 돈을 내지 않는다 하더라도 자선사업의 혜택을 받으려면 그때마다 정신적 굴욕이라는 대가를 치러야 한다. 시저에게 브루투스가 따랐듯이 자선의 잠자리에는 목욕을 해야 한다는 세금이 따르게 마련이고 한 조각의 빵을 얻으려면 사사로운 일까지 조사를 받아야 하는 댓가를 치러야만 한다. 규칙에 따라 움직여야 하는 것은 같지만 신사의 사사로운 일에 부당한 간섭을 하지 않는 법률의 신세를 지는 게 차라리 낫다.

섬에 들어가기로 결심하자 소피는 재빨리 그 소망을 이루기 위해 움직였다. 그러기 위해서는 방법이 얼마든지 있다.

가장 유쾌한 방법으로는 어느 호화로운 레스토랑에서 값비싼 식사를 하는 것이었다. 식사를 하고 나서 한 푼도 없다고 조용히 버티다가 반항하지 않고 순순히 경관의 손에 넘겨지는 것이다. 나머지는 친절한 판사가 모든 일을 처리해 줄 것이다.

소피는 벤치에서 일어나 어슬렁거리며 공원에서 나가 브로드웨이와 5번가가 마주치는 바다처럼 넓은 아스팔트를 걸어갔다.

브로드웨이 거리의 북쪽으로 가서 눈부시게 휘황한 레스토랑 앞에서 멈췄다. 이곳은 밤마다 최고급 포도주와 비단옷과 세련된 사람들이 모여드는 곳이다.

소피는 조끼의 단추가 채워진 윗부분은 자신이 있었다. 면도도 했겠다, 웃옷도 깨끗했으며, 깔끔하게 맨 검은 넥타이는 추수감사절에 전도사 부인에게서 받은 것이었다. 이 레스토랑의 식탁에 의심받지 않고 앉을 수만 있다면 그는 성공하는 것이다. 식탁 위로 나타나는 모습이라면 웨이터가 의심하지 않을 것이다.

우선 청둥오리 통구이가 알맞지 않을까 소피는 생각했다. 거기에다 백포도주 한 병과 캐멈벨 치즈, 식후에 마실 커피 한 잔과 시거 한 개비 -시거 값은 1달러면 충분할 것이다. 다 합쳐도 레스토랑 카운터가 호되게 보복할 만큼 비싸지는 않다. 그래도 이만한 식사라면 그를 배부르게 하고 행복한 기분으로 겨울

피난처로 떠날 수 있게 해줄 것이다.

그러나 레스토랑 문 안으로 한 발을 들여놓자마자 웨이터의 시선이 그의 허름한 바지와 다 닳아빠진 구두 위에 멎었다. 억세고 날랜 손이 기다렸다는 듯이 그의 몸을 홱 돌려서 말 한마디 없이 눈 깜짝할 사이에 거리로 내쫓아, 하마터면 먹고 달아날 뻔한 청둥오리의 불명예스러운 운명을 구했던 것이다.

소피는 브로드웨이에서 옆길로 빠져 걸었다. 동경하던 섬으로 갈 수 있는 방법은 식도락의 길이 아니었던 모양이다. 교도소에 들어갈 수 있는 다른 방법을 찾아내야 한다.

6번가 모퉁이에 유리창 안쪽으로 화려한 조명 아래 솜씨 있게 진열된 상품 때문에 쇼윈도가 한결 돋보이는 가게가 있었다. 소피는 돌을 하나 주워 들어 그 유리창을 향해 내던졌다. 잠시 후에 경관을 앞세우고 많은 사람들이 길모퉁이를 돌아 달려왔다. 소피는 두 손을 호주머니에 찔러 넣고 꼼짝도 하지 않은 채 서 있었다. 그러다 경관의 노란 단추가 보이자 싱긋이 웃었다.

"이런 짓을 한 놈이 누구야!"

경관이 흥분해서 소리쳤다.

"내가 바로 그놈이라고 생각하지 않나요?"

빈정대는 한편으로 행운을 잡은 사람답게 소피는

상냥하게 대답했다.

경관은 아무런 실마리도 되지 않는다는 듯이 소피의 말을 무시해 버렸다. 유리창을 깬 놈이 법률 대리인인 자신과 이야기하기 위해 그 자리에 남아 있을 리가 없다. 그런 녀석은 재빨리 도망치는 법이다. 경관은 반 블록쯤 앞에서 전차를 타기 위해 달려가는 한 사나이를 목격했다. 경찰봉을 빼어든 그는 그 사나이를 뒤쫓았다.

소피는 또 실패하자 울적한 마음으로 천천히 걷기 시작했다. 길 건너에 허름해 보이는 레스토랑이 하나 있었다. 식욕은 왕성하나 주머니 사정이 넉넉하지 못한 사람에게는 안성맞춤인 가게였다.

소피는 웨이터의 관심을 끌고도 남을 구두와 숨길 수 없는 낡은 바지 차림으로 이 가게에 거침없이 들어갔다. 식탁에 앉아 비프스테이크와 큼직한 핫케이크와 도넛과 파이를 단숨에 먹어치웠다. 그런 다음 웨이터에게, 자신은 돈하고는 인연이 없어서 돈이라곤 한 푼도 없는 사람이라고 털어놓았다.

"자, 어서 경관을 불러오시지."

소피는 다시 재촉했다.

"신사를 기다리게 하지 말라고."

"너 따위 녀석한텐 경관이 필요 없어!"

웨이터는 버터케이크처럼 끈적거리는 목소리로 맨해튼 칵테일에 든 버찌 같은 눈을 하고 말했다.

"이봐, 손 좀 빌리세."

두 웨이터에게 양쪽 귀를 잡아끌려 길바닥에 무참히 내쫓겼다. 소피는 마치 목공의 접는 자를 펴듯이 관절을 하나씩 펴면서 일어나 옷에 묻은 흙을 털었다.

잡혀 들어가는 일이 장밋빛 꿈처럼 여겨졌다. 섬은 너무 멀리에 있는 것 같았다.

두 집 건너편 약국 앞에 서 있던 경관은 소피를 비웃으며 길을 걸어갔다.

거리를 다섯 블록쯤 걸어가니 붙잡혀가는 것을 자청할 용기가 다시 솟아났다. 이번에는 어이없게도 그가 식은 죽 먹기라며 우습게 생각했던 일이 운 좋게 눈앞에 나타난 것이다.

얌전하고 산뜻한 옷차림의 젊은 여자가 쇼윈도 앞에 서서 면도용 컵과 잉크스탠드 따위의 진열품을 눈을 반짝이면서 들여다보고 있었다. 게다가 그 유리창

에서 조금 떨어진 곳에는 무섭게 생긴 몸집 큰 경관이 소화전에 기대어 서 있었다. 비열하고 천박한 건달노릇을 하려는 것이 소피의 이번 계획이었다.

고상하고 우아한 희생자의 모습과 고지식해 보이는 경관을 눈앞에 두고, 그는 이제 곧 아늑하고 조그마한 섬에서 겨울을 나도록 보장해 줄 행운의 경관이 자신의 팔을 잡아끌 거라고 확신했다.

소피는 전도사 부인에게서 받은 넥타이를 매만지고 자꾸 기어 들어가는 커프스를 양복 소매 밖으로 끌어내고 모자도 옆으로 삐딱하게 쓰고서 젊은 여자 쪽으로 천천히 다가갔다. 추파를 던지면서 갑자기 헛기침을 하기도 하고 에헴 하며 거들먹거리다가 또 싱긋 웃어 보이면서 건달들이 으레 쓰는 뻔뻔스럽고 상투적인 비열한 수법을 넉살좋게 해냈다.

경관이 이쪽을 빤히 바라보고 있는 것을 곁눈질로 알 수 있었다. 젊은 여자는 두세 걸음 비켜서더니 다시 면도용 컵을 열심히 바라보았다. 소피는 그 여자 곁으로 대담하게 다가가 모자를 들어 보이며 말을 걸었다.

"이봐, 버델리어! 우리 집에 놀러 가지 않겠어?"

경관은 아직도 이쪽을 바라보고 있었다. 희롱 당하고 있는 이 젊은 여자가 손가락으로 슬쩍 신호만 하면 소피는 피할 수도 없이 섬의 피난처로 가게 되는 것이다. 벌써 경찰서의 따뜻한 온기가 느껴지는 것 같았다. 그런데 젊은 여자는 그를 돌아보더니 도리어 한 손을 내밀어 소피의 옷소매를 잡는 것이다.

"가겠어, 마이크."

그녀는 반갑다는 듯이 말했다.

"맥주를 한잔 산다면 함께 가지 뭐. 내가 먼저 말하고 싶었는데 경관이 저기서 지켜보고 있지 않겠어?"

떡갈나무에 휘감긴 담쟁이덩굴 같은 젊은 여자를 데리고 소피는 실망감을 감추지 못한 채 경관 곁을 지나갔다. 아무래도 체포 당할 운명이 아닌 모양이다. 다음 길모퉁이에 이르자 그는 여자를 뿌리치고 달아났다.

밤이 되면 더욱 밝아지는 거리와 함께, 들뜬 기분과 가벼운 사랑의 맹세와 명랑한 노래와 음악이 들리는 곳까지 오자 그는 걸음을 멈췄다. 모피로 감싼 여자들과 외투를 입은 남자들이 겨울의 냉기 속을 활발하게 오가고 있었다.

문득 자신이 무서운 마술에 걸려 체포결핍증이 되어 버린 게 아닌가 하는 불안이 소피를 엄습했다. 그렇게 생각하자 당혹감을 감출 수가 없었다. 눈부시게 화려한 극장 앞을 거들먹거리며 왔다 갔다 하고 있는 경관과 마주치자 그는 '치안방해' 라는 마지막 지푸라기나마 붙잡으려고 했다.

사람들이 붐비는 길 한복판에서 그는 주정뱅이처럼 얼빠진 소리를 고래고래 내지르기 시작했다. 춤을 추고 아우성치고 날뛰고 온갖 방법을 동원해서 소란을 피웠다. 경관은 경찰봉을 빙글빙글 돌리며 소피를 등지고 시민들에게 말했다.

"예일 대학생입니다. 하트퍼드 대학을 이겨서 축하한다고 소란을 피우는 거니까 시끄럽긴 하지만 특별히 해를 입히진 않습니다. 내버려두라는 명령을 받았습니다."

참담한 심정으로 소피는 아무 소용없게 된 소란을 그만두고 말았다.

경관들은 나를 체포하지 않으려는 걸까? 섬은 도저히 갈 수 없는 이상향과 같은 느낌이 들었다. 차가운 바람이 불어오자 그는 얇은 웃옷 단추를 끌어당겨 잠갔다.

그때 담뱃가게 앞에서 잘 차려입은 사나이가 옷에 매달린 라이터로 시거에 불을 붙이고 있는 모습이 그

의 눈에 들어왔다. 문 안쪽에는 그 사나이의 비단 우산이 세워져 있었다. 소피는 가게 안으로 들어가 그 우산을 집어들고 천천히 나왔다. 시거에 불을 붙이던 사나이가 허둥지둥 쫓아 나왔다.

"이봐! 그건 내 우산이야."

하며 큰소리로 사납게 말했다.

"허허, 그런가요?"

좀도둑질을 한 데다가 창피까지 당하자 소피는 그를 비웃었다.

"그럼, 왜 경관을 부르지 않지? 내가 훔친 거야, 당신 우산을 말이야. 왜 경관을 부르지 않느냐고? 저 모퉁이에 경관이 서 있지 않아?"

우산 주인은 발걸음을 늦추었다. 소피도 그랬다. 운이 또다시 달아나 버릴 것 같은 예감이 들었던 것이다. 경관은 두 사람을 이상한 눈으로 보고 있었다.

"변명거리도 안 되지만……."

우산 주인이 말했다.

"그러니까……, 저, 이런 실수는 흔히 있는 일이라서……. 나는……, 만일 그게 당신 우산이라면 용서하시기 바랍니다. 실은 오늘 아침 무렵에 어느 레스토랑에서 주운 것인데 만일 당신 우산이라면 저, 용서를……."

"물론 내 것이지."

소피는 심술궂게 말했다.

우산의 주인은 물러가 버렸다. 경관은 야회복 외투를 입은 키가 큰 금발 부인에게 달려가 두 블록 앞에서 다가오는 전차 앞으로 길을 건너는 것을 도와주고 있었다.

소피는 도로공사로 파헤쳐 놓은 거리의 동쪽으로 걸어갔다. 그는 화가 치밀어 올라 우산을 공사 중인 구덩이 속에 내던졌다. 경찰봉을 든 남자들은 그에게 투덜투덜 욕을 했다. 이쪽은 붙잡혀가려고 기를 쓰는데, 저쪽은 그가 무슨 짓을 해도 죄가 되지 않는 왕이라도 되는 것처럼 여겨지는 모양이다.

마침내 소피는 거리의 불빛도 소음도 거의 끊긴 동쪽의 큰길에 이르렀다. 거기서 메디슨 스퀘어 쪽으로 발길을 돌렸다. 귀소본능은 비록 그 곳이 공원의 벤치일지라도 여전히 사라지지 않았다.

이상하리만큼 조용한 길모퉁이에서 소피는 멈췄다. 그곳에 좀 특이하고 불규칙한 박공지붕이 있어 고풍스럽게 보이는 교회가 있었다. 진보랏빛 스테인드글라스 창 너머로 등불이 가물가물 반짝인다. 아마 오르간 연주자가 다음 일요일의 찬송가를 연습하고 있는 게 틀림없다.

아름다운 음악소리가 소피의 귀에 흘러 들어가 그의 마음을 사로잡았다. 그는 소용돌이무늬의 교회 철책에 다가가 꼼짝도 않고 기대서서 그 연주를 들었다.

달은 중천에 떠서 밝게 빛나고 자동차도 보행자도 거의 없었다. 참새가 처마 밑에서 졸린 듯 짹짹거렸다. 잠시 동안 주위는 교회가 있는 시골 풍경을 연상케 했다. 오르간이 연주하는 찬송가는 소피를 추억 속으로 빠져들게 했다.

그의 지나간 삶 속에 어머니, 장미, 야심, 친구, 더럽혀지지 않은 순결한 마음 등이 아직 남아 있던 시절에 자주 들어서 귀에 익은 찬송가였다.

감수성이 예민해 있던 그의 감정과 고풍스러운 교회의 감화력이 하나로 합쳐져 소피의 영혼에 놀라운 변화를 가져다 주었다. 그가 빠져 있던 깊은 수렁과 자신의 존재를 형성하고 있던 타락한 나날들, 야비한 욕망, 죽음과 같이 덧없는 희망, 쓸모 없는 재능, 저속한 동기 따위를 조심스럽게 주마등처럼 되돌아보았다.

그러자 금세 그의 마음은 이 새로운 기분에 감응하여 떨고 있었다. 강렬한 삶의 충동이 당장 그를 절망적인 운명과 싸우게 했다.

나를 수렁에서 끌어내자! 다시 한 번 성실한 사람이 되자! 나에게 달라붙어 따라다니는 악과 싸워 이기자! 아직도 늦지 않다. 나는 아직도 젊다. 지난날의 진지했던 꿈을 다시 되살려 흔들리지 말고 그것을 추구하자. 엄숙하고 아름다운 오르간 연주가 그의 마음에 혁명을 일으킨 것이었다. 내일은 번화가에 나가 일자리를 찾아보자. 전에 모피 수입상이 운전기사가 되면 어떻겠냐고 권한 적이 있었다. 내일 그 사람을 만나 일을 부탁해 보자. 나도 떳떳한 사람이 되자! 나도…….

그때 문득 누군가의 손이 그의 팔을 붙잡는 것을 느꼈다. 돌아보니 틀림없는 경관이었다.

"이런 데서 무얼 하고 있는 거야?"

경관이 물었다.

"아무것도……."

소피는 대답했다.

"어쨌든 함께 가자."

이튿날 아침, 경범재판소에서 치안판사가 언도했다.

"금고 3개월!"

시인과
농부

시인과 농부

오랜 세월, 자연을 벗 삼고 살아온 나의 시인 친구가 며칠 전에 시 한 편을 써서 어느 편집자를 찾아갔다.

그것은 전원의 순수한 숨결과 작은 새의 지저귀는 소리와 경쾌한 시냇물이 넘쳐흐르는 듯하여 살아있는 전원시라고 할 만한 시였다.

시인은 군침 도는 비프스테이크를 연상하면서 결과가 어찌 되었는지 다시 편집자를 찾아갔다가 이런 평과 함께 시 원고를 되돌려 받았다.

"너무 기교적입니다."

동료 몇 사람이 모여 더체스 카운티의 값싼 포도주와 스파게티를 먹으면서 이 편집자의 태도에 크게 분개했다.

그래서 그 편집자를 한번 골탕 먹이자는 것이 거기서 얻은 결론이었다.

우리 친구 중에 코넌트라는 사람이 있었다. 소설가로 꽤 알려진 사람이었는데 그는 이제까지 아스팔트만을 걸었으며 전원 풍경이라고는 차멀미에 시달리면서 급행열차 창문 밖으로 내다본 것이 전부였다. 이런 코넌트가 전원시 한 편을 쓰고 그 시에 〈암사슴과 개울〉이라는 이름을 붙였다.

그 시는 목녀 신 아마릴리스와 함께 걸어 본 것은 고작해야 꽃집의 창문 앞뿐이며, 작은 새 이야기는 레스토랑의 웨이터에게 딱 한 번밖에 한 적이 없는 그런 부류의 시인이라면 전원시를 이렇게 쓸 수도 있다는 좋은 본보기였다. 이 시에 코넌트가 서명하고 우리는 그것을 그 편집자에게 보냈다.

그런데 이 일은 앞으로 할 이야기와는 관계가 없다.

이튿날 아침, 편집자가 그 시의 첫 행을 읽기 시작할 무렵, 한 남자가 웨스트 쇼어페리 보트에서 내려 천천히 사십이 번가로 걸어가고 있었다.

이 외지인은 밝고 푸른 눈과 쳐진 입술과 브레이니 씨의 희곡에 등장하는 고아 -후에 백작가의 딸로 밝혀졌지만- 와 똑같은 머리 빛깔을 한 젊은 사나이였다. 코르덴바지를 입고 짧아진 소매에다 등 한가운데에 단추가 달린 저고리를 입고 있었는데 그 바지 아래로 한쪽 발목이 비죽이 나와 있었다.

그의 밀짚모자는 전에 당나귀에게 씌웠던 것을 벗겨 온 것이 아닌지 의심될 만큼 귀를 내놓았던 구멍이라도 찾고 싶은 그런 우스꽝스러운 모자였다.

손에 든 여행가방도 그 꼴을 묘사하기가 정말 어려웠다. 아무리 구식 보스턴 사람이라도 그런 가방에 도시락이나 법률서류를 넣고 사무실에 출근하지는 않을 것이다.

게다가 한쪽 귀 언저리의 머리카락에는 촌놈의 상징이고 에덴 동산의 흔적이기도 한 건초부스러기가 천하의 게으름뱅이라도 얼굴을 붉히지 않을 수 없게 달라붙어 있었다.

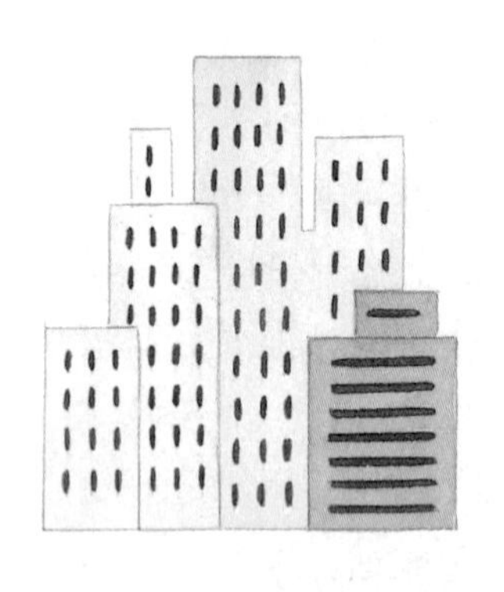

거리의 군중들이 재미있다는 듯이 웃으면서 그의 곁을 지나갔다. 그들은 방금 올라온 이 시골뜨기가 인도의 가장자리에 서서 목을 길게 빼고 고층빌딩을 올려다보는 모습을 보았다. 이런 장면은 흔히 있는 일이기 때문에 그들은 웃음을 그치고 눈길을 돌리고 말았다. 오직 두세 사람만이 케케묵은 여행가방을 힐끗 쳐다보면서 이 사람이 코니아일랜드의 유인 광고나 껌 광고를 보려고 그러는 것으로 생각할 뿐이었으며 다른 사람들은 그를 아예 무시했다.

신문팔이 소년들마저도 그가 자동차나 전차를 피하기 위해 서커스의 피에로처럼 이리저리 피해 다니는 모습을 보고 저런 꼴은 이제 지겹다는 듯한 표정을 지었다.

8번가에서 순진한 시골 사람들만 골라서 낚는 '사기꾼 해리'가 코밑수염을 물들여 마음씨 좋은 사람처럼 보이도록 눈을 반짝이며 있다가 그를 발견했다. 해리는 자신이 아주 우수한 배우라고 여기지만 이렇게까지 연기를 멋지게 해내는 배우를 보면 정말 당해내지 못하겠다고 생각했다.

그는 보석가게 쇼윈도 앞에서 입을 떡 벌리고 서 있는 시골뜨기에게 다가가서 고개를 설레설레 내저었다.

"이거 봐, 자네 좀 너무하지 않아?"

그는 비난하는 투로 말했다.

"2인치도 넘게 길잖아! 자네가 뭘 노리고 있는지

모르겠지만 소도구가 좀 지나쳐. 이봐, 그 건초 말이야. 알겠어? 프록터 극단의 순회 연주도 지금은 그런 수법으로는 안 통해."

"무슨 말을 하시는 거요. 난 한마디도 알아들을 수가 없는데요."

순박한 사나이는 말했다.

"난 서커스 같은 곳을 찾고 있는 게 아니라오. 건초 베는 일도 끝났기 때문에 이 도시를 구경하려고 알스터 군에서 온 걸요. 대단하군요! 포기푸시가 굉장한 도시인 줄 알았었는데 이쯤 되면 그 다섯 배는 되겠어요."

"알고 있어."

'사기꾼 해리'는 눈썹을 치켜 올리면서 말했다.

"난 쓸데없는 참견을 할 생각은 조금도 없으니 변명할 것 없어. 그저 너무 촌스럽게 굴어서 충고를 했을 뿐이야. 무얼 노리는지 모르지만 썩 잘하는군. 그쯤 해 두고 한잔 걸치는 게 어때?"

"맥주 한잔쯤 마신다고 뭐 어쩌려고."

상대방은 승낙했다.

두 사람은 빈틈없어 보이는 얼굴과 간사한 눈매를 한 사나이들이 드나드는 술집에 들어가 자리에 앉았다.

"이거 당신을 만나서 여간 다행이 아닙니다."

'건초' 씨가 계속해서 말했다.

"어때요. 세븐업(트럼프 놀이의 일종)을 한판 치지 않겠소? 트럼프는 여기 가져왔지."

하며 그는 지난 세기의 유물 같은 여행가방에서 트럼프를 꺼냈다.

그것은 저녁식사 때 먹은 베이컨 기름이 배어있고 옥수수 밭 진흙이 묻어 있는, 난생 처음 보는 트럼프였다.

'사기꾼 해리'는 무심코 큰 소리로 웃더니 곧 그쳤다.

"난 그만두는 게 좋겠어, 친구."

그는 딱 잘라 말했다.

"난 네 분장에는 조금도 반대하지 않아. 그렇지만 너는 역시 도가 지나쳤어. 이스라엘의 루벤 족들도 칠십구 년 이후로 그런 꼬락서니로는 나타나지 않아. 그런 옷차림으로는 브룩클린에서 싸구려 시계 하나 낚아채기도 어렵다고."

"그래? 자넨 내가 돈이 없는 줄로 아는 모양인데 그런 걱정은 하지 않아도 돼."

머리에 건초가 붙은 이 젊은이는 자신 있는 표정으

로 말했다. 그는 찻잔만한 크기로 꼭꼭 말아 놓은 돈뭉치를 꺼내어 테이블 위에 놓았다.

"할머니 농장에서 내 몫으로 받은 거야."

그는 설명했다.

"이 돈은 모두 구백오십 달러야. 도시에 와서 뭐 잘 될 만한 장사는 없는지 찾아보려고 해."

'사기꾼 해리'는 그 돈뭉치를 집어들었다. 그리고 웃고 있는 눈에 거의 존경에 가까운 빛을 띠며 가만히 그것을 바라보았다.

"난 전에 이보다 솜씨가 더 서툰 지폐를 본 적은 있었지."

그는 경고하듯이 말했다.

"그런데 옷이 그래서야 잘 해낼 수 있을까. 가벼운 가죽구두를 신고 까만 신사복에다 띠를 두른 맥고모자를 쓰고, 피츠버그 주식이나 철도 열차별 운임 얘기를 마구 지껄여댈 수 있어야 하고 아침식사에 셰리주를 마실 정도가 아니면 그 사기는 도저히 성공하기 어려울 걸."

'건초' 씨가 트집잡힌 돈을 집어넣고 나가 버리자 수상쩍은 눈초리로 옆에서 지켜보던 두세 사람이 '사기꾼 해리' 에게 물었다.

"그 녀석 자금줄은 뭐야?"

"위조지폐야."

해리가 대답했다.

"아니면 제롬 파 패거리인지도 모르지. 혹은 정말로 새로 장사를 시작하려는 신참내기가 아닐까? 하지만 너무나 시골뜨기로 가장했단 말이야. 아마 저 지폐는 설마……, 아니, 그렇다면 혹시 진짜? 농담이 아니었나? 저게 진짜 지폐라니……, 그럴 리가 없어!"

머리에 건초를 붙이고 다니는 젊은이는 어슬렁어슬렁 거리를 걸어가고 있었다. 또 갈증을 느꼈는지 그는 골목길에 있는 어두컴컴한 술집으로 기어 들어가 맥주를 주문했다.

험상궂게 생긴 몇 사람이 죽치고 앉아 있었다. 그의 모습을 힐끗 쳐다보더니 그들의 눈이 반짝 빛났다. 그렇지만 지나치게 촌뜨기 냄새가 풍기자 그들은 심드렁한 표정으로 바뀌었다.

'건초' 씨는 여행가방을 카운터 쪽에 내던졌다.

"주인 양반, 이걸 잠시 맡겨 둡시다."

그는 질이 나쁜 싸구려 시거 끝을 질근질근 씹으면

서 말했다.

"잠깐 이 근처를 돌아보고 오겠소. 가방을 잘 맡아 줘요. 그 안에 구백오십 달러가 들어 있어요. 내 꼬락서니로 보아 그렇게 믿어지지 않겠지만."

어디선가 축음기에서 행진곡이 들려오기 시작했다. 그 소리를 듣더니 '건초' 씨는 양복 뒤의 단추를 만지작거리면서 그쪽으로 달려 나갔다.

"어때, 마이크. 우리가 나눠 가져 버릴까?"

카운터 앞에 죽치고 앉아 있던 사내들이 서로 눈짓을 하면서 말했다.

"장난치지 마!"

바텐더는 여행가방을 구석 쪽으로 걷어차면서 말했다.

"너희들은 내가 저런 사기에 걸려들 줄로 알아? 저 녀석이 진짜 얼간이가 아니라는 건 다 알 텐데. 아마 맥아더 사기꾼들하고 한 패일 거야. 촌뜨기로 행세하고 있지만 뻔한 연극이지. 로드아일랜드 프로피덴스까지 마차를 공짜로 태워다 준다고 해도 요즘엔 저런 꼬락서니를 한 녀석은 어디서도 찾아볼 수 없다고. 가방 속에 있는 구백오십 달러란 아마 아홉 시 오십 분에 멎어 버린 구십팔 센트짜리 싸구려 시계를 말하는 걸 거야."

'건초' 씨는 에디슨의 발명품인 축음기를 실컷 감상

하고 나더니 가방을 찾으러 돌아갔다. 술집에서 나와 브로드웨이를 헤매고 다니면서 그 열정적인 파란 눈으로 동네 풍경을 익혔다. 그러나 여전히 브로드웨이는 쌀쌀맞은 눈길과 차가운 미소로 그를 따돌렸다.

그는 이 도시가 눈감아 줘야 할 만큼 시대에 뒤떨어진 '장난꾸러기' 였다. 그는 농촌이나 간이 연극무대에서도 좀처럼 보기 힘든 이상야릇하고 비현실적이며 너무 시골뜨기로 과장되어, 보는 사람들에게 따분함과 의구심만을 품게 만들었다. 게다가 머리에 붙은 건초부스러기가 너무 진실 되고 순박하여 목장의 향기를 물씬 풍기고 매우 전원적이었으므로 어떤 호두껍데기 마술쟁이도 그의 모습을 보면 콩을 치우고 테이블을 접어버렸을 것이다.

'건초' 씨는 돌층계 위에 앉아 가방에서 노란 돈다발을 꺼냈다. 겉을 싼 이십 달러짜리 지폐를 풀더니 신문팔이 소년을 손짓해 불렀다.

"이봐, 친구."

그는 말했다.

"어디 가서 이걸 좀 바꿔다 주지 않겠니? 잔돈이

떨어져 버렸구나. 바꿔 오면 5센트 주지."

신문팔이의 먼지투성이가 된 얼굴이 일그러졌다.

"함부로 장난치지 말라고요! 당신이나 가서 그 이상한 돈을 바꿔 보라고요. 거 입고 있는 옷은 농사지을 때 입는 작업복이잖아. 그런 위조지폐는 내버리는 게 어때요?"

길모퉁이에는 눈매가 날카롭게 생긴 도박장의 호객꾼이 서성거리고 있었다. 그 사나이는 '건초' 씨를 보더니 갑자기 냉정하고 도의적인 표정으로 바뀌었다.

"잠깐 물어 봅시다."

시골뜨기가 그에게 말을 걸었다.

"이 동네에 트럼프로 하는 키노(도박의 일종)를 재미있게 하는 곳이 있다고 들었는데요. 돈은 이 가방 속에 구백오십 달러가 들어 있소. 나는 알스터에서 도시 구경을 왔는데 십 달러쯤 가지고 한판 할 만한 곳 어디 없소? 한판 승부를 내서 좋은 가게나 하나 사고 싶은데."

호객꾼은 못마땅한 표정으로 자신의 왼손 집게손가락을 한참 물끄러미 바라보았다.

"형씨, 그만두시지."

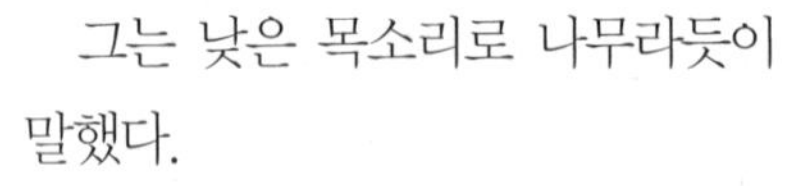

그는 낮은 목소리로 나무라듯이 말했다.

"형씨를 그런 웃기는 꼬락서니로 그냥 석방하다니 경찰도 머리가 좀 이상해진 모양이로군. 토니 파스터 같은 차림으로는 길거리 도박꾼한테 가도 붙여 주지 않을 걸. 요전에 무대에 올랐던 '죽음의 골짜기에서 온 스카티 씨'의 엘리자베스 왕조식 무대의상이나 촌스러운 소도구들도 형씨를 만난다면 금방 외면해 버릴 거야. 자, 썩 물러가는 게 좋아! 돈을 먹어치우고 이렇게 우물쭈물하다간 경찰 호송차를 타게 될 수도 있는 무서운 곳이라는 것을 모르는 모양이군."

금방 기교를 간파당해 버리는 듯한 이 대도시에서 또다시 거절을 당한 '건초' 씨는 인도 가장자리에 앉아 스스로 묻고 대답하며 지혜를 짜냈다.

"그러니까 이런 옷차림으로는."

그는 중얼거렸다.

"이 옷차림 때문이다! 다들 나 같은 시골뜨기와는 어울리려고 하지 않는 거야. 알스터에선 아무도 이 모자를 보고 웃는 사람이 없었는데, 뉴욕에서 사람들의 상대가 되려면 그 친구들하고 같은 옷차림을 해야 되겠어."

그래서 그는 곧 상가로 달려갔다. 콧소리 나는 뉴욕 말투로 손을 비비면서 손님에게 아부하는 점원이, 먹다 남은 옥수수를 넣어 불룩해진 그의 호주머니 위를 기꺼이 줄자로 쟀다. 그리고 잠시 후에는 가게 배달원이 그가 묵고 있는 롱에이커의 등불에 비친 브로드웨이의 호텔로 잇따라 물건 꾸러미와 상자를 날라 왔다.

그날 밤 아홉 시, 결코 알스터 지방의 시골에서 살던 사람이 아니라고 해도 믿을 한 사나이가 인도로 내려섰다.

그는 반짝반짝 빛나는 가죽구두를 신고 유행하는 최신형 모자를 썼다. 잿빛 바지에는 단정하게 주름이 잡혀 있었다. 화려하고 파란 실크 손수건이 고상한 영국식 양복 가슴 호주머니에서 살짝 내다보였다. 넥타이는 옷가게의 쇼윈도에 장식해 둔 것과 똑같은 것이었다. 이발소에서 깔끔하게 다듬은 금발에 건초부스러기 따위는 어디에도 없었다.

잠시 그는 오늘 밤의 즐거운 계획을 짜고 있는 산책하는 사람처럼 유연한 모습으로 서 있었다. 그러더니 백만장자와 같은 침착하고 고상한 걸음걸이로 도시의 밝고 화려한 거리 쪽으로 걸어갔다.

그러나 잠시 그가 발길을 멈추었을 때, 이 도시에서 가장 빈틈없고 날카로운 눈매에 알스터에서 온 그가 걸려들고 말았다. 잿빛 눈의 뚱뚱한 남자가 눈썹을 치켜 올려 신호를 보내자 호텔 앞에 늘어지게 앉아 있던 사내들 가운데에서 두 사람이 일어나 나왔다.

"저렇게 군침 도는 시골뜨기는 반 년 만에 처음이야. 자, 가자!"

잿빛 눈의 사나이가 말했다.

한 사나이가 서부 사십칠 번가 파출소로 달려가 피해 상황을 신고한 것은 두 시간 후인 열한 시 반이었다.

"구백오십 달러였습니다!"

그는 헐떡이면서 말했다.

"할머니 농장의 내 몫 전부였어요."

내근 경찰은 그 사람이 알스터 지방 메뚜기 골짜기 마을의 제이베스 불턴 씨임을 확인하고 나서 이번에는 기막힌 솜씨로 사기를 친 신사들의 인상착의를 묻기 시작했다.

코넌트가 편집자를 골탕 먹이기 위해 쓴 시의 운명이 궁금하여 그 편집자를 찾아갔을 때, 그는 하마터

면 안내자의 머리를 밟고 넘어갈 정도로 정중한 영접을 받으며 로댕과 JB 브라운의 작품이 장식된 편집자의 사무실로 안내되었다.

"〈암사슴과 개울〉의 첫 행을 읽었을 때."

편집자는 말했다.

"나는 한눈에 그것이 대자연과 인간의 마음이 어우러진 작품임을 알았습니다! 마지막 행의 기교 역시 그 진실함은 내 눈을 속일 수가 없었습니다. 평범한 비유를 쓰는 것은 숲이나 들에서 자란 자유로운 자연인이 최신 유행하는 옷을 입고 브로드웨이를 걷고 있는 것과 같았습니다. 그 옷차림 아래에서 진실한 한 인간이 얼굴을 내밀고 있는 듯했습니다!"

"고맙습니다."

코넌트는 말했다.

"수표는 평소처럼 목요일에 보내주시겠지요?"

이 이야기의 교훈이 좀 복잡해진 것 같다. '농장에 머물러야 할지' 아니면 '시를 써야 할지' 그 선택을 독자 여러분에게 맡기고자 한다.

인생은 연극이다

며칠 전에 신문기자로 일하는 친구가 지금 한창 인기를 끌고 있는 어느 소극장의 무료초대권이 있다고 하여 함께 보러 갔다.

연주곡 가운데에 바이올린 독주가 있었다. 연주자는 아직 마흔이 넘은 것 같지 않았으나 숱이 많은 머리카락이 하얗게 세고 엄숙한 표정의 사나이였다. 나는 취미에도 없는 음악에 몰입해 본 적이 없어 음의 구성 따위에는 전혀 관심이 없던 터라 그저 연주자의 얼굴만 바라보고 있었다.

"실은 저 연주자가 2개월쯤 전에 화제의 인물이 된 적이 있었지."

하고 신문기자인 친구가 말했다.

"내가 그 기사를 맡게 되었어. 가벼운 흥미 본위의 읽을거리로 만들어 짧은 기사로 처리할 예정이었지.

편집장은 내가 가끔 쓰는 3면 기사의 코믹한 문장들이 마음에 들었던 모양이야. 사실 나는 코미디 비슷한 읽을거리를 하나 쓰고 있는 중이었거든…….

그건 그렇고, 나는 서둘러 무대 뒤 분장실로 달려가서 그에 대한 여러 가지 자료들을 모았지. 그런데 이것이 아무리 해도 정리가 제대로 안 되는 거야. 신문사에 돌아가 마무리해 보니 마치 이스트사이드의 장례식 기사를 코믹하게 만들어버린 것 같은 조잡한 읽을거리가 되어 버렸어. 왜냐고? 코믹한 문장을 쓰는 데에 익숙해진 내 펜으로는 인물 파악이 제대로 안 되었는지도 모르지. 자네라면 이것을 소재로 1막짜리 비극을 개막극으로 쓸 수 있지 않겠어? 어쨌든 자세한 건 끝난 다음에 얘기하자고."

연주가 끝난 뒤 극장 밖으로 나와 포도주를 마시면서, 신문기자 친구는 그 바이올린 연주자의 긴 이야기를 나에게 해 주었다.

"그게 어때서?"

친구가 긴 이야기를 끝냈을 때 나는 반문했다.

"저절로 웃음이 나오게 되는 재미있고 유쾌한 읽을거리는 아니지. 만일 그 세 사람이 실제로 무대에서 연극을 하는 배우였더라도 그보다 더 절묘하고 어처

구니없는 일은 연기 못했을 거야. 아니 솔직히 말해서 무대란 하나의 사회이고 거기 나오는 배우들도 이 세상 어디에나 있는 남자나 여자에 지나지 않는다고 생각하거든. 셰익스피어 말을 빌리자면 인생이란 한 편의 연극이라고 말하고 싶어."

"그럼 자네가 이 이야기의 읽을거리를 하나 써 보지 않겠나?"

신문기자 친구가 말했다.

"그래, 해 보지."

나는 대답했다. 그리고 어떤 식으로 쓰면 그 이야기가 신문의 짧은 기사에 알맞고 흥미있는 읽을거리가 되는지를 보여주기 위해 쓴 것이 다음과 같은 이야기이다.

어빙든 스퀘어 근처에 건물이 하나 있었다. 그 아래층에 이십오 년 전부터 장난감과 잡화와 문방구 따위를 파는 작은 가게가 딸린 건물이었다.

이십 년 전의 어느 날 밤, 그 가게 위층 홀에서 결혼식이 있었다.

이 가게와 건물은 메이어라는 미망인의 소유였는데 이 미망인의 딸 헬렌이 프랭크 배리라는 남자와 결혼식을 올린 것이다. 신랑의 들러리는 존 델러니라는 청년이었다. 그때 헬렌은 열여덟 살이었다.

예전에 어느 조간신문에 몬트리올배트 구의 '여자 살인광' 이라는 굵은 표제활자 바로 옆에 그녀의 사진이 실린 일이 있었다. 그러나 독자가 눈과 머리를 굴려서 이 둘의 연관성을 부정한 다음, 돋보기를 들고 사진 바로 아래를 보았다면 그것이 '상가 미인 특집' 이라는 연재 기사라는 사실을 알았을 것이다.

프랭크 배리와 존 델러니는 같은 동네에 살았는데 그 동네에서 제일가는 미남들이었고 둘도 없는 친구 사이였다. 극장의 막이 오를 때마다 똑같이 싸움 장면을 기다릴 만큼 친한 친구였다. 오페라 좌석이나 소설책에 돈을 쓰는 사람은 모두 이런 장면을 기대하게 마련인 것이다.

사실 이 이야기도 그런 바보스러운 발상에서 전개된 것이다. 결국 두 사람은 헬렌을 차지하려고 치열한 경쟁을 벌였다. 그 결과 프랭크가 승리를 거두었고 존은 사내답게 그와 악수를 하고 그를 축복해 주었다. 진심으로 둘의 결혼을 축복했던 것이다.

결혼식이 끝나자 헬렌은 모자를 가지러 3층으로 뛰어올라갔다. 그녀는 여행용 드레스를 입고 결혼식을 치른 것이었으며 그녀와 프랭크는 이제부터 일주일 동안 올드포인트콘퍼트 해안으로 신혼여행을 떠날 계획이었다.

아래층에서는 결혼식 하객들이 왁자지껄하게 떠들며 신랑 신부에게 뿌릴 부서뜨린 옥수수 봉투를 들고 신부를 기다리고 있었다.

그런데 그때 요란한 소리를 내면서 방문이 열리고 거의 반미치광이처럼 된 존 델러니가 머리칼을 헝클어뜨린 모습으로 그녀의 방으로 뛰어들었다. 그리고 방금 전에 친구의 아내가 된 헬렌에게 마구 화를 내더니 연정을 호소하며 자기와 함께 리비에라나 브롱크스나 아니면 '아름다운 하늘'과 '감미로운 꿈'이 있는 이탈리아의 옛 도시로 도망치자고 애원했다.

이를 거절하는 헬렌의 단호한 태도를 보았더라면 아무리 비극작가의 전문인 브레이니라도 틀림없이 벌렁 나자빠져서 까무러쳤을 것이다.

헬렌은 동그랗게 뜬눈으로 그를 경멸하면서 정숙한 숙녀에게 그런 말을 하다니 있을 수 없는 일이라고 마구 힐책하여 그의 기를 꺾어 놓았다. 그리고 헬렌은 남자에게 당장 나가라고 호통을 쳤다. 평소의 사나이다움은 어디로 갔는지 그는 머리를 푹 숙인 채, "나도 모르게 충동을 이겨 내지 못하고 그랬다."든가, "당신의 모습은 평생토록 내 가슴에서 사라지지 않을 것."이라고 중얼거렸다.

그녀는 아무 말 없이 이곳에서 나가라는 듯 방문을

가리킬 따름이었다.

"나는 지구 끝까지 가 버리겠소!"

델러니는 말했다.

"제일 먼 곳으로 가 버리겠어! 당신이 다른 남자의 사람이 된 것을 알면서 당신 가까이 머문다는 것은 도저히 견딜 수가 없소. 난 아프리카로 가겠소. 그리고 이국땅에 살면서 어떻게든 노력해서……."

"부탁이에요. 빨리 나가 줘요."

헬렌은 말했다.

"누가 오면 어떻게 해요?"

결국 그는 정중하게 한쪽 무릎을 꿇었다. 그리고 헬렌은 그에게 이별의 입맞춤을 하도록 하얀 손을 내밀었다.

세상 처녀들이여! 자신이 열렬히 구하던 이성을 차지하고 나서도 한편으로는 사랑하지 않는 남자가 이마의 머리카락이 땀에 젖도록 달려와 무릎을 꿇고 멀리 지구 끝으로 가 버리겠다고 말하면서, 어떤 일이 있어도 자신의 가슴에는 애머랜스 꽃이 영원히 피어 있을 것이라고 고백하게 만드는, 그런 최고의 은총을 당신들은 위대한 사랑의 신 큐피드에게서 받은 일이 있는가?

당신이 지닌 아름다움의 힘을 알고 당신의 행복을 황홀하게 확인하면서 사랑을 빼앗긴 남자에게 당신들의 손등에 마지막 입맞춤을 하게 할 때, 깨끗한 손톱이 매니큐어로 칠해져 있는 것을 보고 만족하면서 드디어 이 불행한 남자는 머나먼 이국땅으로 떠난다고 기뻐하는 것은 -아, 세상의 처녀들이여, 감히 말하노라! 그것은 쓰디쓴 소금덩어리다. 절대로 집어들어서는 안 될 쓰디쓴 소금덩어리다.

그때, -짐작했듯이- 갑자기 방문이 열렸다. 신부가 모자 끈을 매는 시간이 너무 길어 의아하게 여긴 신랑이 방 안으로 뛰어들어온 것이다.

헬렌의 손에 입맞춤을 한 후 존 델러니는 창문으로 뛰어내리려 하고 있었다. 원한다면, 여기서 잠시 느린 음악을 넣어도 좋을 것이다. 구슬픈 바이올린과 클라리넷과 첼로의 연주 등, 어쨌든 방 안의 정경을 상상해 보기 바란다.

치명적으로 마음에 깊은 상처를 입은 프랭크는 그만 흥분이 되어 창백한 얼굴로 무슨 말인지 모를 소리로 떠들어대기 시작했다. 헬렌은 그에게 매달리면서 필사적으로 사정을 해명하려고 했다. 프랭크는 헬렌의 손목을 붙잡더니 그의 어깨에서 떼어 내려고 한 번, 두 번, 그리고 세 번, 그는 헬렌을 이리 밀쳐 내고 저리 밀쳐 내며 어떻게 했는지 자세한 것은 무대감독에게 물어보기 바란다.

마침내 그녀는 매정스럽게 뿌리쳐지자 바닥에 쓰러져 몸을 들썩이면서 마냥 울어댔다. 프랭크는 두 번 다시 네 얼굴 따윈 보고 싶지 않다고 소리 지르며 무슨 영문인지도 모르는 하객들을 헤치고 밖으로 뛰쳐나갔다.

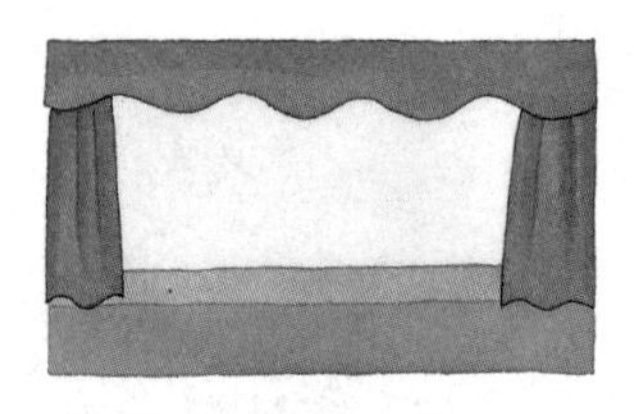

그러나 이것은 연극이 아니었다. 실제로 있었던 일이기 때문에 다음 막이 오를 때까지 이십 년 동안은 관객들의 신상에도 결혼하거나 죽거나 머리가 세거나 부자가 되거나 가난뱅이가 되기도 하고 행복해지거나 불행해지기도 하는 여러 가지 일들이 벌어져야 할 것이다.

배리 부인은 그 건물과 가게를 상속받았다. 서른여덟 살이 되었으나 지금도 미인 선발대회에 나가면 열여덟 살 먹은 젊은 아가씨를 제치고 당당히 1등을 할 수 있을 정도였다.

그녀의 결혼식 때 벌어진 희극을 기억하는 사람은 거의 없었지만 그녀는 결코 그 일을 숨기려고 하지 않았다. 장뇌나 나프탈렌 속에 넣어 두려고도 하지 않았고 그렇다고 그것을 잡지에 팔아넘기려고도 하지 않았다.

어느 날, 돈을 잘 버는 중년 변호사가 그녀의 가게

에 법률 용지와 잉크를 사러 왔다가 카운터 너머의 그녀에게 청혼을 했다.

"저는 무척 기쁘게 생각합니다."

헬렌은 상냥하게 대답했다.

"고마워요. 하지만 저는 이십 년 전에 어떤 사람하고 결혼한 일이 있어요. 상대는 남자답다기보다는 오히려 바보 같은 사람이었지만 저는 아직도 그이를 사랑하고 있는 것 같아요. 그이하고 함께 있었던 것은 결혼식을 올린 뒤 겨우 삼십 분 정도뿐이었지만요. 필요하신 잉크는 카피잉크인가요, 아니면 필기용인가요?"

변호사는 구식 예절에 따라 카운터 너머 헬렌의 손등에 정중하게 입 맞추고 나서 가게를 나갔다.

헬렌은 한숨이 절로 나왔다. 이별의 입맞춤은 아무리 로맨틱하다 해도 어느 정도 과장된 몸짓이 더 좋은 법이다.

지금 그녀는 서른여덟 살이지만 아직도 아름답고 그리고 누구에게서나 존경을 받고 있었다. 그런데도 그녀가 청혼자들에게서 받은 것은 언제나 비난이거나 아니면 이별의 말뿐이었다. 그뿐만이 아니다. 이 마지막 청혼자의 경우에는 단골손님을 한 사람 놓친 셈이다.

장사가 잘 되지 않자 헬렌은 집을 세놓기로 하고 창문에 종이를 써 붙여 놓았다. 3층의 큰 방 두 개를 적당한 사람에게 세를 주기 위해 치워 놓았다. 세 들 사람들이 잇따라 찾아왔지만 아쉽게도 그냥 가 버렸다. 배리 부인의 집은 깨끗하게 정돈되어 쾌적할 뿐 아니라 너무 고상한 취향으로 꾸민 집이었기 때문이다.

어느 날, 래먼티라는 바이올리니스트가 3층의 바깥쪽 방을 빌리겠다고 계약을 했다. 이 섬세한 귀를 가진 음악가가 떠들썩한 거리를 견디기 어려워하자 한 친구가 이 소음의 사막 속 오아시스로 그를 보낸 것이다.

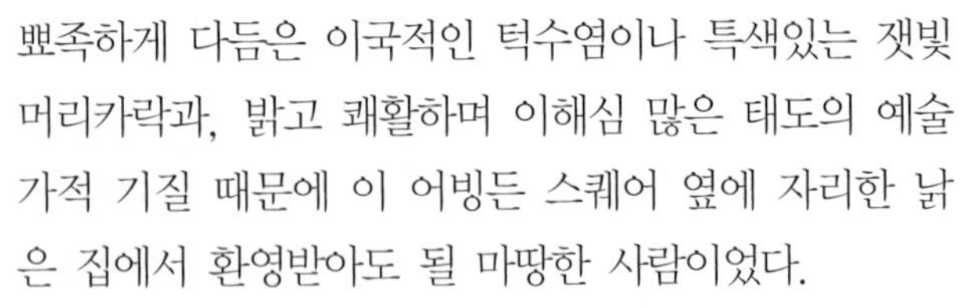

래먼티는 아직도 젊은 청년 티가 풍기는 그 짙은 눈썹의 얼굴과 끝 부분을 뾰족하게 다듬은 이국적인 턱수염이나 특색있는 잿빛 머리카락과, 밝고 쾌활하며 이해심 많은 태도의 예술가적 기질 때문에 이 어빙든 스퀘어 옆에 자리한 낡은 집에서 환영받아도 될 마땅한 사람이었다.

헬렌은 가게의 2층에서 살고 있었는데 이 집은 좀 특이하게 지어져 있었다. 2층의 홀은 크고 거의 정사각형이며 그 한쪽 가장자리 끝을 가로질러 3층으로 올라가는 층계가 있었다. 이 홀을 거실 겸 사무실로

쓰기 위해 그녀는 어울리는 가구들을 배치했다. 책상을 놓아 그곳에서 사업상의 편지를 쓰고, 밤에는 따뜻한 난롯가의 밝은 등불 밑에 앉아 뜨개질을 하거나 책을 읽었다.

래먼티는 이 홀의 분위기가 무척 마음에 들었다. 많은 시간을 그곳에서 지내면서 그가 사사한 저명한 잔소리꾼 바이올리니스트와 함께 생활하던 아름다운 파리 이야기를 배리 부인에게 들려주고는 하였다.

두 번째로 세든 사람은 갓 사십대에 들어선 우울한 표정의 미남자로, 신비로워 보이는 갈색 턱수염을 기르고 야릇하게 호소하는 듯한 공허한 눈을 가진 사나이였다.

그도 헬렌의 2층 사교장을 좋아했다. 그는 로미오의 눈빛과 오셀로의 혀로 헬렌에게 머나먼 이국의 이야기를 해주어 넋을 잃게 하고 고상하고 완곡한 표현으로 그녀의 마음을 끌어 보려고도 했다.

헬렌은 처음 만났을 때부터 이 남자 앞에 있으면 이상하게 끌리는 듯 가슴 설렘을 느꼈다. 그의 목소리는 왠지 그녀를 낭만적인 청춘 시절로 돌아가게 했다. 이 감정은 차츰 고조되어 그에게 빠져들게 했다. 그리고 마침내 그녀의 젊은 날의 로맨스에서 그가 중요한 인물 가운데 한 사람이었다는 본능적인 확신을 심어주기에 이르렀다.

그 다음으로는 여성 특유의 논리에 의해서 -그렇다, 여성이란 으레 그런 법이다.- 보통의 삼단논법이나 정리나 논리를 뛰어넘어 버렸다. 그녀는 남편이 돌아온 것이라고 믿어 버린 것이다.

여자라면 절대로 못볼 리가 없는 사랑의 의미와 처절한 회한과 비탄을 헬렌은 그의 눈동자 속에서 보았으며, 그것은 사랑의 지름길인 연민을 그녀의 마음속에 심어 놓았기 때문이다.

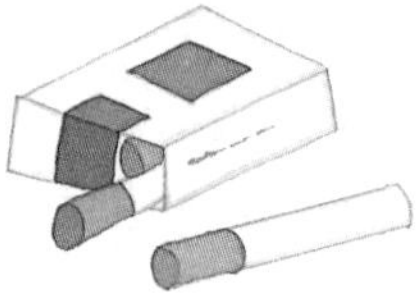

그녀는 눈치 챈 듯한 기색을 보여 주지는 않았다. 이십여 년 동안 그녀의 주위를 어슬렁거리다가 홀연히 나타난 남편에게 금방 신을 수 있는 슬리퍼를 갖추어 놓거나, 아무 때나 담배에 불을 붙일 수 있게 성냥을 준비해 두기를 기대하게 해서는 안 된다.

그 전에 그쪽에서 죄를 뉘우치는 반성이라든가 해명쯤은 있어야 마땅하며, 이쪽도 원망하는 말 한마디 정도 하는 것이 옳지 않겠는가. 조금이나마 속죄의 고통을 맛보게 한 뒤에 진심으로 뉘우친다면 하프와 왕관을 맡겨도 될 것이다. 그래서 그녀는 남편이라고 짐작하거나 느끼고 있음을 나타내지 않았던 것이다.

그런데 신문기자인 내 친구는 이 이야기 속에서 재미있는 점을 하나도 발견할 수 없다고 했다. 가장 유쾌하고 바보스럽고 우스꽝스러운 이야기를 만들라고 지시 받았는데 재미를 느끼지 못하다니, -그러나 나는 친구를 깎아 내릴 생각은 조금도 없다.- 이야기를 계속 진행하기로 하자.

어느 날 밤, 래먼티는 헬렌의 거실 겸 사무실에 들어와 넋을 잃게 하는 예술가의 다정함과 열정으로 사랑을 고백했다. 그 사랑의 말은 몽상가와 실천가가 함께 하는 사나이의 마음에 타오르는 성화의 불길이었다.

"당신의 대답을 듣기 전에 먼저 드릴 말씀이 있습니다."

래먼티는 헬렌이 그의 당돌함을 나무랄 틈도 주지 않고 말을 이었다.

"래먼티란 당신 이름으로도 쓰일 지도 모를 나의 유일한 이름으로 매니저가 지어 준 이름입니다. 나는 내가 어떤 사람인지 어디 출신인지 전혀 모릅니다. 어느 병원에서 눈을 떴을 때의 일이 나의 첫 기억입니다. 그때 나는 청년이었었는데 그 뒤 수주일 동안 그 병원에서 지냈습니다. 그 이전의 생활은 완전히 공백입니다.

사람들한테서 들은 이야기에 따르면 머리에 상처를

입고 길가에 쓰러져 있다가 발견되어 구급차로 병원에 실려 왔다고 합니다. 쓰러졌을 때 길바닥에 깔아 놓은 돌에 머리를 다친 것 같다고 했습니다. 내 신원을 밝힐 만한 것이 아무것도 없었고 과거의 일도 기억이 전혀 나지 않습니다. 병원에서 퇴원한 뒤 나는 바이올린을 배우게 되었습니다. 그리고 바이올리니스트로 성공했습니다.

배리 부인 -당신의 이름을 이것밖에 모릅니다.- 나는 당신을 사랑합니다. 처음에 당신을 만났을 때 당신이 바로 평생을 찾던 세상에서 단 한 사람뿐인 여성임을 깨달았습니다. 그리고……."

이런 사랑 고백이 끝없이 계속되었다.

헬렌은 다시 젊음을 느꼈다. 처음에는 여자로서 자부심의 물결이 일더니 허영의 감미로운 전율이 전신에 밀려왔다. 그녀는 래먼티의 눈을 똑바로 바라보았다. 그러자 엄청난 고동이 심장을 꿰뚫고 지나갔다. 이 고동은 그녀가 전혀 예기치 못했던 것으로 그녀는 처음 깨달았던 것이다.

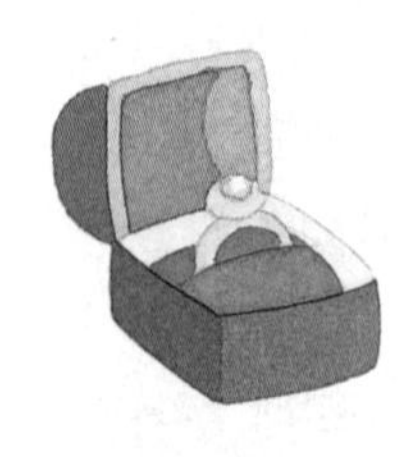

"래먼티 씨, 정말 미안합니다만 저는 이미 결혼한 여자입니다."

이렇게 그녀는 안타까워 하며 말했다. -확실히 하기 위해 말해 두는데 여기는 무대가 아니다. 어빙든 스퀘어 근처의 낡은 집 안이다.

그러고 나서 헬렌은 비극의 여주인공이 하듯이 그녀는 슬픈 과거를 그에게 이야기했다. 래먼티는 몸을 굽혀 그녀의 손등에 입을 맞추더니 위층에 있는 그의 방으로 돌아갔다.

헬렌은 의자에 깊숙이 앉아 슬픈 자신의 손을 바라보았다. 그것도 무리가 아니다.

세 사람의 청혼자가 모두 이 손에 입 맞추고는 적토마를 타고 달려가 버렸기 때문이다.

한 시간쯤 지나고 나서 헬렌은 등나무 흔들의자에 앉아 무엇에 쓸지도 모를 뜨개질을 하고 있었다.

그때 공허한 눈을 가진 신비스러운 사나이가 층계를 뛰어내려와 그녀에게 무언가를 말하기 위해 멈추어 섰다. 그는 테이블을 사이에 두고 마주앉더니 느닷없는 사랑의 말을 그녀에게 쏟아 부었다. 그러고 나서 말했다.

"헬렌, 당신은 나를 기억하지 못합니까? 당신의 눈은 나를 기억하고 있다고 말합니다. 지난 일들은 다 강물에 흘려보내고 이십 년 동안이나 간직해 온 나의 사랑을 헤아려 줄 수 없나요? 나는 당신에게 아주 나쁜 짓을 했습니다. 그래서 당신 곁에 돌아오기가 두려웠어요. 하지만 사랑은 이성을 이겼습니다. 나를 봐요, 나를 용서할 수 없겠어요?"

헬렌은 벌떡 일어섰다. 신비스러운 그 사나이는 그녀의 한 손을 꼭 잡았다.

그녀는 그대로 우뚝 서 있었다. 이런 멋진 장면을, 그리고 그녀의 마음의 움직임을 아무도 무대에서 표현하지 못하는 것은 정말 유감스러운 일이다.

실은 그녀의 마음은 둘로 나뉘어 있었다. 결혼한 사람을 잊을 수 없는 순수한 처녀의 애정은 틀림없는 그녀의 것으로, 처음에 선택했던 남자에 대한 깨끗하고 아름답고 소중한 추억이 그녀의 마음을 절반쯤 채우고 있었다. 그녀는 그 순수한 감정을 버릴 수가 없었다. 그에 대한 존경과 정절과 언제까지나 사라지지 않는 감미로운 로맨스가 그녀를 지배하고 있었다.

하지만 그녀의 마음과 영혼의 나머지 절반은 현재의 보다 충실하고 더욱 친근한 감동으로 채워져 있었다. 이렇게 과거의 사랑과 새로운 현재의 사랑이 그녀의 마음속에서 혼란을 일으켰다.

그녀가 대답을 주저하고 있는 사이에 위층 방에서는 부드럽게 가슴을 조이며 애원하는 듯한 바이올린 소리가 들려왔다. 음악이라는 마녀는 왕자의 마음도 움직이는 법이다. 심장이 소매 위에 나와 있는 사람이라면 그것을 까마귀가 쪼아도 아프지도 가렵지도 않겠지만, 심장이 고막 위에 있는 사람에게는 음악이 훌륭한 효과를 나타내는 것이다.

그 음악소리와 음악가가 그녀에게 호소했으며 또한 동시에 눈앞의 옛사랑과 정절이 그녀를 만류했다.

"나를 용서해 주시오."

그가 다시 애원했다.

"당신이 사랑한다는 사람과 헤어져 있기에는 이십 년이라는 세월이 너무 길지 않았나요?"

그녀는 원망스럽게 말했다.

"어떻게 설명하면 좋겠습니까?"

그는 잘못을 고백하며 애원했다.

"그래요, 모두 다 털어놓겠습니다. 결혼식 날 밤, 그가 이 집에서 뛰쳐 나갔을 때 나는 뒤를 따랐습니다. 나는 질투심에 불타올라 어두운 거리에서 그를 후려쳤습니다. 그는 일어나지 못했습니다. 살펴보니 돌에 머리를 부딪쳤더군요. 그를 죽일 생각은 조금도 없었습니다. 다만 사랑과 질투 때문에 미쳐 있었습니다. 나는 근처에 숨어서 그가 구급차에 실려 가는 걸 보았습니다. 헬렌, 당신은 그와 결혼했습니다. 그러나……."

"어머! 당신은 대체 누구세요?"

그녀는 너무 놀라 눈을 똑바로 뜨고 그에게 잡혀 있던 손을 뿌리치며 외쳤다.

"나를 기억하지 못합니까? 헬렌, 항상 당신만을 사랑해 온 나를? 나는 존 델러니입니다. 만일 당신이 용서해 준다면 나는……."

그러나 그녀는 벌써 거기에 있지 않았다. 달리다가 넘어지며 다시 벌떡 일어나 층계를 달려 올라가, 이미 그녀를 기억에서 상실하기는 했지만 그의 두 번째의 인생에서도 그녀를 유일한 여성으로 선택한 음악가에게로 달려갔다. 그에게로 가면서 그녀는 울며 노래하듯이 외쳤다.

"프랭크! 오, 프랭크! 나의 프랭크!"

이처럼 세 영혼은 세 개의 당구공처럼 세월에 희롱당했던 것이다.

내 친구 신문기자가 이 이야기에서 조금도 흥미로움을 발견하지 못했다니 도대체 무엇 때문일까?

붉은 추장의
몸값

붉은 추장의 몸값

그럴싸한 이야기라고 생각했었지. 좀 기다려, 지금부터 이야기할 테니까.

돈이 필요해 유괴를 생각해 낸 건 우리가 -나하고 빌 드리스콜이 남부 앨라배마에 갔을 때였지. 나중에 빌이 말했지만, 정말 '나도 모르게 도깨비한테 홀린 꼴'이었어. 하지만 그걸 깨달았을 때에는 이미 늦었더군.

앨라배마에 핫케이크처럼 납작한 평지로 된 마을이 하나 있었어. 그런데도 마을 이름만은 '서밋(정상)'이라고 불렀지만 말이야. 그곳 주민들은 다 농부들이었는데 5월 축제에 모여드는 사람들을 보니 아주 원만하고 순박한 사람들뿐이었어.

빌하고 나는 둘이 합쳐서 6백 달러쯤 되는 밑천이 있었지만 서부의 일리노이 주 근처에서 부동산 사기로 한 밑천 벌려면 아무래도 이천 달러는 더 필요하겠더라고.

우리는 마을의 낡은 호텔 출입문 층계에 앉아서 상의했어. 이런 시골 마을에서는 아이들을 유별나게 귀여워한다는 데에 의견이 일치했지. 그래서 아이를 유괴하여 몸값을 받아내는 것도 그런대로 괜찮은 생각이라고 합의를 본 거야.

그 지역은 탐방기자를 보내 사건의 소문을 부추기는 신문사도 없는 고장이니까 틀림없이 잘 마무리 될 거라고 생각했지. 이런 시골 마을에서 기껏해야 경관이 얼간이 정찰견을 데리고 우리를 뒤쫓다 말거나 아니면 〈주간농업〉에서 한두 번 호되게 비난 공세를 퍼붓는 정도일 거라고 생각했던 거야. 이번 일은 수지맞는 일이라고 여겼지.

우리는 애브니저 도싯이라는 이 마을 유지의 외아들을 점찍었다네. 그 아이의 아버지는 상당한 실력자이면서도 인색한 고리대금업을 하고 있었거든. 교회 기부금도 한푼 내지 않고, 저당 잡은 것은 약속한 기일이 지나면 사정없이 처분해 버리는 사나이였어. 그런 애브니저라면 자기 아이의 몸값으로 두말없이 이천 달러는 내놓을 것으로 빌과 나는 계산했다네.

아들 녀석은 열 살이었네. 도도록도도록하게 주근

깨가 나 있고 머리카락은 기차를 기다리면서 매점에서 사 보는 잡지와 같은 붉은 색이었지.

좀 기다려, 다 이야기할 테니까.

서밋 마을에서 2마일쯤 떨어진 곳에 온통 삼나무로 뒤덮인 작은 산이 있었는데 이 산 뒤쪽으로 다소 높은 곳에 동굴이 있었지. 우리는 그곳에 식량을 비축해 두었어.

며칠 후 어느 날 저녁, 해가 진 뒤에 우리는 말 한 마리가 끄는 마차를 타고 도싯 영감네 집 앞을 지나가는 척 했지. 그의 아들 녀석은 길에 나와 놀면서 맞은 편 담장 위에 있는 새끼고양이한테 돌을 던지고 있더군.

"애야!"

빌이 낮은 목소리로 불렀지.

"사탕 사 줄게, 마차 타지 않겠니?"

바로 그때 아이는 빌의 눈언저리에 벽돌조각을 던져 딱 명중시킨 거야.

"이걸 빌미로 나중에 그 영감한테서 오백 달러 더 빼앗으면 되지 뭐."

바퀴를 디디고 마차에 그 아이를 들어 올리면서 빌이 말하더군.

개구쟁이는 웰터급 반달곰처럼 마구 날뛰었지만 우

리는 그 녀석을 마차 안으로 밀어넣은 다음 잽싸게 도망쳤지. 산 위의 동굴까지 무사히 데리고 왔어. 나는 날이 어두워진 다음에 빌려온 마차를 돌려주기 위해 이곳에서 3마일 떨어진 옆 마을에 갔다가 걸어서 산으로 돌아오느라 조금 늦어졌지.

돌아와 보니 그 동안에 빌은 얼굴을 온통 할퀴고 얻어맞은 상처에 반창고를 잔뜩 붙였더라고. 동굴 입구에 있는 커다란 바위 그늘에서는 모닥불이 타고 있고 꼬마는 빨간 머리카락에 매의 꼬리깃털을 두 개 꽂고는 펄펄 끓는 커피포트를 물끄러미 바라보고 있더군.

내가 들어가자마자 이 꼬마가 막대기를 들이대고 인디언 추장 흉내를 내면서 대들더라니까.

"야, 이 벼락 맞을 백인 놈아! 울던 아이도 이름만 들으면 뚝 그친다는 이 대평원의 붉은 추장의 땅에 인사도 없이 들어오느냐?"

"이 꼬마 녀석이 이젠 기분이 좋아졌나 보군."

바지를 걷어올려 꼬마한테 맞아 정강이에 난 상처를 보여주면서 빌이 말하더군.

"인디언놀이 상대가 되어 주는 중이야. 버팔로 빌

의 연극도 이 녀석에 비하면 마을 공회당에서 환등기로 보는 팔레스티나의 풍경으로밖에 보이지 않아. 나로 말하자면 올가미로 새나 짐승을 잡는 사냥꾼 올드 헝크라는데, 붉은 추장한테 포로로 잡혀서 내일 새벽이면 머리 가죽이 벗겨지게 된다나. 거 참! 이 개구쟁이한테 한번 걷어채어 보라고, 정이 떨어진다니까."

정말이지 아이는 신이 난 것 같더라고. 동굴에서 캠프 하는 게 즐거워서 자신이 인질로 잡혀 있다는 사실을 까맣게 잊은 거야.

꼬마는 당장 나에게 스파이를 하라고 하더니 '뱀눈' 이라는 별명을 붙여 주었어. 추장의 부하들이 싸움터에서 돌아오면 해가 떠오를 때 나를 화형에 처하겠다고 선고하더군.

잠시 뒤 우리는 저녁식사를 했지. 꼬마는 베이컨과 빵과 고기수프를 볼이 터지도록 입에 가득히 넣고 끊임없이 지껄여대더라고. 식사하는 동안에 꼬마가 한 이야기는 대강 이런 것이었어.

"난 이런 걸 좋아해. 밖에서 캠프를 한 적이 없거든. 그렇지만 주머니쥐를 잡아서 기른 적은 있어. 난 이번 생일날에 아홉 살이 되었지. 학교에 가는 게 제일 싫어. 쥐가 지미 톨봇 아줌마네 닭이 낳은 알을

열여섯 개나 먹었어. 이 숲속에 진짜 인디언이 있나? 고기수프 더 안 주겠어? 나무가 움직이니까 바람이 부는 거야? 우리 집엔 강아지가 다섯 마리나 있을 때도 있었어. 헝크, 너의 코는 왜 그렇게 빨간 거야? 우리 아빠는 부자야. 별은 뜨거워? 난 토요일에 에트 워커를 두 번이나 때려 주었어. 계집앤 정말 싫어. 너희들은 끈이 없으면 두꺼비를 못 잡을 거야. 암소도 울어? 오렌지는 어째서 동그랗지? 이 동굴에 침대 있어? 에이머스 메리 발가락은 여섯 개야. 앵무새는 말할 줄 알지만 원숭이나 물고기는 말하지 못해. 얼마에 얼마를 더하면 열둘이 되는지 알아?"

가끔 꼬마는 자신이 용감한 인디언이라는 것을 강조하기 위해 막대기 총을 집어들고 동굴 입구로 살며시 다가가 얄미운 백인 척후병은 없는지 고개를 쭉 내밀더군. 이따금 인디언 함성을 질러가며 올가미 사냥꾼 올드 헝크를 오들오들 떨게 만들기도 하고 말야.

꼬마는 처음부터 빌의 간담을 서늘하게 만들어 버린 거지.

"붉은 추장."

이렇게 부르고 나서 나는 꼬마한테 물었지.

"집에 가고 싶지 않니?"

"아니, 가고 싶지 않아. 그건 왜 묻지?"

꼬마는 지껄였다.

"우리 집은 재미없어. 난 학교에 가는 것도 질색이야. 이렇게 캠프 하는 게 더 좋아. '뱀눈' 너, 날 집에 데려가면 안 돼!"

"지금 당장은 데려가지 않아."

하고 나는 대답했지.

"좋았어."

꼬마가 말하더군.

"야, 멋지다. 이렇게 신나는 건 처음이야."

우리는 열한 시쯤 잤어. 큰 담요하고 홑이불 몇 장을 펴고 붉은 추장을 한가운데에 끼고 잤지, 꼬마가 도망칠 염려는 없었지만. 도망치기는커녕 우리를 세 시간도 자지 못하게 괴롭혔어. 자다가 벌떡 일어나서는 그 막대기 총을 집어들고 나하고 빌의 귓전에 대고,

"쉿, 조용히 해!"

하며 외마디소리를 지르는 거야.

잣나무가지가 부러지는 소리나 바람에 바스락거리는 나뭇잎 소리가 들릴 때마다 꼬마는 어린애다운 상상력을 발휘하여 무법자들이 몰래 숨어들어 왔다고

여기는 거야.

그렇게 괴롭힘을 당하면서 간신히 깜박 잠이 들었는데, 이번엔 내가 빨간 머리의 사나운 해적한테 유괴당해서 나무에 꽁꽁 묶이는 꿈을 꿀 정도였다니까.

동이 트기도 전에 빌이 연거푸 비명을 지르는 바람에 잠을 깼어.

그 비명소리는 외치는 소리 같기도 하고, 부르짖는지 아니면 울부짖는 소리 같기도 하였으며, 호통 치는지 외마디소리인지 어쨌든 남자의 목소리라고는 상상도 할 수 없는 소리였거든. 보통 여자가 유령이나 징그러운 벌레를 보았을 때에나 지르는, 정말 듣기 거북하고 겁에 질려서 내지르는 처절한 비명소리였지 뭐야.

새벽에 동굴 안에서 건장하고 뚱뚱한 사람이 경박스럽게 연달아 지르는 비명을 듣는 것만큼 괴로운 건 없더라고.

무슨 큰일이 일어난 것 같아 나는 벌떡 일어났지. 붉은 추장이 빌의 가슴에 올라타고선 한 손으로 빌의 머리카락을 거머쥐고 있는 거야. 다른 손으로는 베이컨을 자르는 데 쓰는 날카로운 칼을 쥐고 말이야. 지난밤에 선언한 대로 빌의 머리 가죽을 진짜로 벗기려고 하는 거지.

나는 꼬마의 손에서 칼을 낚아채고는 억지로 잠을 재웠지. 그런데 그 일이 있은 후로 빌은 기가 빠져 버린 모양이야. 다시 잠자리에 눕긴 했지만 꼬마가 옆에 있는 걸 보고는 잠을 더 이상 자려고 하지 않았어.

나 역시 잠깐 졸기는 했지만 날이 샐 무렵이 되자 해가 뜨면 나를 화형 시키겠다던 붉은 추장의 말이 떠오르더군. 무서워할 건 없었지만 어쨌든 일어나서 파이프에 불을 붙여 물고 바위에 기대앉았지.

"샘, 왜 이렇게 일찍 일어났어?"

빌이 묻더군.

"나 말이야?"

되묻고 나는 대답했지.

"어깨가 좀 아파서. 일어나 앉아 있으면 편해질 것 같아."

"거짓말!"

하더니 빌이 말하더군.

"너도 무서운 거지. 해가 뜨면 불태워 죽이겠다니까 정말로 당하지나 않을까 해서 무서워하고 있는 거야. 정말 이 꼬마 녀석은 성냥만 찾아내면 하고도 남을 애야. 그나저나 야단났는걸. 샘, 이런 개구쟁이를 데려가려고 돈을 내놓을 사람이 있겠어?"

"그야, 있다 뿐이야?"

나는 대답했지.

"이런 개구쟁이일수록 부모는 남들보다 더 귀여워하는 법이야. 자, 너도 추장도 일어나 아침식사 준비를 하지 그래. 그 사이에 난 이 산꼭대기에 올라가 마을 주변을 살펴볼게."

서밋 마을 쪽으로 내려다보면, 풀 베는 낫과 갈고랑이로 무장한 건장한 마을 농민들이 비열한 유괴범을 쫓아 마을 부근을 정신없이 찾아다니는 광경을 볼 수 있을 것으로 짐작했거든. 그런데 보이는 것이라고는 한 농부가 다갈색 노새로 밭을 갈고 있는 한가로운 풍경뿐이더라고.

실개천 바닥을 들어내는 사람도 없고, 정신이 나가 있을 부모한테 아무런 실마리도 찾지 못했다는 소식을 전하러 가는 급사의 모습도 보이지 않지 뭐야. 내 눈앞에 펼쳐진 앨라배마의 땅에는 조용하고 나른한 졸음만이 깔려 있을 뿐이었어.

'아마.'

나는 마음속으로 생각했지.

'이리 떼들이 우리 안의 귀여운 새끼 양을 낚아채 간 것을 아직 모르고 있는 모양이다. 하느님, 이리 떼

한테 자비를 베푸소서!'

하고는 아침을 먹으러 산을 내려갔지.

동굴에 되돌아와 보고 나는 또 깜짝 놀라고 말았어. 빌이 동굴 벽에 떼밀려서 헉헉 하며 숨을 헐떡이고 있고 꼬마는 야자 열매의 절반쯤 되는 큼지막한 돌을 막 던지려는 순간이었어.

"이 꼬마 녀석이 다 익은 뜨거운 감자를 내 등에다 집어넣었어!"

빌이 울상이 되어 설명하더군.

"그러더니 발로 감자를 짓뭉갰다고. 그래서 내가 따귀를 갈겨 줬어. 샘, 총 가지고 있지?"

나는 꼬마의 손에서 돌을 빼앗는 것으로 겨우 위기를 수습했어.

"두고 봐라!"

꼬마는 빌한테 마구 욕을 해댔어.

"붉은 추장을 함부로 때린 녀석은 보복을 당할 테니 기억해 두라고!"

아침을 먹고 나서 꼬마는 호주머니에서 끈을 감아 놓은 가죽을 꺼내어 그 끈을 풀면서 동굴 밖으로 나가더군.

"이번에는 또 무슨 짓을 저지를까?"

빌이 걱정스러운 듯이 말하더군.

"저 녀석, 설마 도망치진 않겠지. 그렇지? 샘."

"그런 걱정은 하지 않아도 돼."

내가 말했지.

"집에 가고 싶어하는 꼬마가 아닌 것 같으니까. 그렇긴 해도 몸값에 대해서 계획을 세워 두어야 되겠어. 꼬마가 없어졌는데도 서밋 마을은 떠들썩한 기색이 별로 안 보이는데. 아마 꼬마가 없어진 사실을 아직 모르고 있나 봐. 가족들은 꼬마가 어젯밤 제인 아줌마네 집이나 친구네 집에서 자는 줄로 알겠지. 아무튼 오늘 중에는 없어진 걸 알게 될 거야. 오늘은 도싯 영감한테 꼬마를 데려가려면 이천 달러를 보내라고 편지를 해야겠어."

마침 그때 다윗이 투사 골리앗을 때려눕혔을 때 지른 것 같은 함성소리가 들려오더군. 붉은 추장이 호주머니에서 꺼냈던 것은 돌을 넣은 새총이었어. 꼬마는 새총을 머리 위에서 빙빙 돌려대고 있었지.

나는 잽싸게 몸을 피했지만, 툭 하고 묵직한 소리가 나면서 말의 안장을 풀 때 나는 한숨을 토하는 소리가 빌에게서 들리더라고. 달걀만한 돌이 빌의 왼쪽 귀 뒤에 정확히 명중한 거야. 빌은 쭉 뻗으면서 접시 닦을 물을 끓이던 냄비를 뒤집어쓰고 불속으로 나가떨어졌지 뭐야. 나는 빌을 끌어내어 반 시간 동안이나 찬 물을 머리에 끼얹어 주어야 했어.

잠시 뒤에 빌은 간신히 일어나,

"샘, 성경에서 내가 좋아하는 사람이 누군지 알아?"

새총에 맞은 귀 뒤를 만져보면서 으르렁거리더군.

"헤롯왕이야."

내가 당부했지.

"좀 침착하고 너무 화내지 마. 곧 나을 거야."

그가 애원했어.

"이봐, 샘. 날 여기에 혼자 남겨 두고 가지는 않겠지?"

나는 밖에 나가 꼬마를 붙잡아 그 녀석의 주근깨가 엉망이 되도록 괴롭혀 주었지.

"얌전히 있지 않으면!"

내가 말했어.

"그냥 집에 돌려보내고 말 테다. 자, 얌전히 굴겠니?"

"난 장난 좀 친 것뿐이야."

꼬마는 입을 삐죽 내밀면서 말하더군.

"올드 헝크한테 상처가 나게 할 생각은 없었어. 그렇지만 저 녀석은 왜 날 때리는 거야? 알았어, 뱀눈. 날 집에 돌려보내지 않는다면 얌전하게 굴게. 그리고 오늘 블랙스카우트 놀이를 같이 한다면 말이야."

"난 그런 놀이를 할 줄 몰라."

내가 딱 잘라 말했지.

"빌 아저씨하고나 해라. 오늘은 저 아저씨하고 노는 거야. 난 일 때문에 잠깐 나갔다 올 테니까. 자, 안으로 들어가 아저씨하고 화해해라. 상처를 나게 해서 미안하다고 사과해. 그렇지 않으면 당장 집에 돌려보내고 말 테다!"

나는 꼬마와 빌을 화해시키고 빌을 구석으로 데리고 갔지. 그리고 빌에게 이곳에서 3마일쯤 떨어진 포플러글로브라는 작은 마을에 가서 이번 유괴사건을 서밋에서는 어떻게 받아들여지고 있는지 잘 살펴보고 오겠다고 얘기했지. 그리고 오늘 중으로 도싯 영감한테 몸값을 요구하고 그 지불 방법을 지시한 편지를 보내는 것이 상책이라고 빌에게 말했어.

그랬더니 빌이 처량하게 나를 부르더군.

"이봐, 샘. 지금까지 난 어떤 때라도 눈 한번 깜박이지 않고 너를 도와주었어.

지진이 났을 때나 불이 났을 때에도, 홍수 때나 태풍 때도, 도박을 할 때도, 다이너마이트가 폭발할 때도, 경찰의 단속 때나 열차강도짓을 할 때도,

저 두 개의 다리가 달린, 쏘아 올린 폭죽같은 꼬마를 낚아채어 오기 전까지 나는 한번도 겁을 먹은 적

이 없었지. 하지만 저 녀석한테는 손들었어. 샘, 제발 부탁이니 너무 오랫동안 저 녀석하고 둘만 남겨 두지 말아줘."

"오후엔 꼭 돌아오겠어."

나는 말했어.

"내가 돌아올 때까지 저 꼬마와 놀아주면서 얌전히 있게 하라고. 자, 도싯 영감한테 편지를 쓰자."

빌하고 난 종이와 연필을 꺼내어 편지를 쓰기 시작했는데 그 동안 붉은 추장은 담요를 몸에 감고 동굴 입구를 왔다 갔다 하면서 문지기 노릇을 하고 있더군.

빌은 꼬마의 몸값을 이천 달러로 하지 말고 천오백 달러로 하자고 울상을 지으며 나한테 애원했지.

"부모의 애정이라는 누구나 다 아는 도덕심에 트집을 잡을 생각은 조금도 없지만."

녀석은 말하더라고.

"어쨌든 사십 파운드밖에 안 나가는 저런 주근깨투성이에다 살쾡이 같은 녀석을 두고 이천 달러나 빼앗는다는 건 아무리 생각해도 인간적이지 못해. 난 천오백 달러만 하고 싶어. 나머지는 내가 부담해도 되니까."

빌을 안심시키기 위해 나는 어쩔 수 없이 승낙하고는 우리 두 사람은 다음과 같은 편지를 썼다네.

애브니저 도싯 귀하

우리는 귀하의 아들을 서밋에서 멀리 떨어진 장소에 숨겨 놓았다. 귀하든 아니면 민완탐정이든 아들을 찾아내려고 애써 보았자 헛수고일 것이다. 귀하의 아들을 찾을 수 있는 유일한 방법은 다음과 같다.

우리는 귀하의 아들을 돌려보내는 조건으로 천오백 달러를 요구한다.

이 금액은 오늘 밤에 귀하의 회신과 같은 지점, 같은 상자 -이것은 뒤에 적는다.- 에 넣어 둘 것. 이 조건을 승낙한다면 오늘 밤 8시 반에 그 회답을 문서로 해서 오직 한 명의 심부름꾼에게 보내기 바란다.

포플러글로브로 통하는 길에서 아울크리크 강을 건너면 오른쪽 보리밭 울타리 근처에 약 8백 야드 간격으로 커다란 나무 세 그루가 서 있다. 그 세 번째 나무 맞은 편 울타리 말뚝 밑에 작은 종이상자가 있을 것이다. 심부름꾼은 이 상자 안에 회신을 넣은 즉시 서밋으로 돌아갈 것.

만일 귀하가 배신하려 하거나 앞에서 말한 요구에 따르지 않을 경우 귀하는 두 번 다시 아들을 보지 못하게 될 것이다. 그러나 요구한 금액을 지불한다면 아들은 3시간 이내에 안전하게 귀하의 곁으로 돌아갈 것이다.

이러한 조건은 최종적인 것이며 만일 이에 따르지 않을 때는 앞으로 일체 연락하지 않을 것이니 그리 알기 바란다.

죽음을 두려워하지 않는 두 사람으로부터

나는 이 편지에 도싯의 주소와 성명을 써서 호주머니에 넣었어. 막 출발하려고 하는데 꼬마가 옆에 다가와서 말하는 거야.

"야, 뱀눈. 네가 없는 동안에 블랙스카우트 놀이를 해도 된다고 했지?"

내가 대답했어.

"물론 좋지. 빌 아저씨가 함께 놀아 줄 거다. 그런데 그게 대체 어떤 놀이지?"

"내가 블랙스카우트가 되는 거야."

붉은 추장이 말하더군.

"인디언이 습격해 오는 걸 알리려고 개척촌 방어울타리까지 내가 말을 타고 달려가는 거야. 인디언놀이는 이제 질렸어. 블랙스카우트가 되고 싶어."

"그래, 알았어."

난 말했지.

"그럼 별로 힘들 것도 없을 것 같다. 그 위험한 인디언들의 허를 찌르는 작전은 빌 아저씨가 잘 도와줄 거야."

"내가 뭘 해야 한다고?"

빌은 수상쩍게 꼬마를 바라보면서 묻더군.

"너는 말이야."

이번엔 블랙스카우트가 된 꼬마가 말했어.

"손과 무릎을 꿇고 네 발로 기는 거야. 말이 없으면 방어 울타리까지 갈 수가 없잖아!"

"일이 잘 성사될 때까지는 꼬마를 즐겁게 해주는 편이 좋겠어, 빌."

하고 내가 말했어.

"즐겁게 해 줘야지……."

빌은 팔을 짚고 네 발로 엎드리더군. 올가미에 걸린 가엾은 토끼 같은 눈을 하고 말이야.

"방위 울타리까지는 얼마나 되지, 꼬마야?"

목쉰 소리로 빌이 물었어.

"구십 마일이야."

블랙스카우트가 말하더군.

"속력을 내지 않으면 시간 안에 가지 못해. 자, 달려!"

블랙스카우트는 빌의 등에 올라타고 그의 옆구리를 뒤꿈치로 걷어차는 것이었다.

"부탁이야."

빌이 애원하듯이 내게 말했어.

"될 수 있는 대로 빨리 돌아오라고, 샘. 몸값을 천

달러를 넘기지 말았어야 했는데. 아야! 발로 차지 마라. 걷어차기만 해 봐라, 일어나서 실컷 두들겨 줄 테다."

나는 포플러글로브까지 걸어가서 우체국과 잡화상을 겸하는 가게에 앉아 장사하러 온 촌뜨기들하고 수다를 떨고 있었지.

수염이 덥수룩한 한 사나이가 애브니저 도싯 영감의 아들이 길을 잃었거나 유괴되어서 서밋 마을이 여간 떠들썩하지 않다고 말하더군. 알고 싶었던 것은 바로 그 사실이었으므로, 나는 담배를 사고 나서 아무렇지도 않게 완두콩 값을 묻기도 하다가 편지를 슬쩍 우체통에 넣고 그곳을 나왔지. 우체국장은 한 시간만 있으면 서밋으로 가는 우편물을 받으러 집배원이 올 거라고 하더군.

동굴로 돌아와 보니 빌과 꼬마의 모습이 보이지 않았어. 나는 동굴 근처를 찾아다니다가 위험을 무릅쓰고 큰 소리로 한두 번 불러보았지만 아무런 대답도 없지 뭐야. 그래서 파이프에 불을 붙이고 이끼가 잔뜩 낀 바위에 앉아 어떻게 된 일인지 기다려 보기로 했지.

반 시간쯤 지나자 관목을 헤치는 소리가 나더니 빌이 동굴 앞에 있는 좁다란 빈터로 비틀거리면서 오더

군. 빌의 저 뒤편에서는 꼬마가 얼굴 가득 웃음을 띠면서 척후병처럼 발소리를 죽이며 살금살금 걸어 나왔어. 빌은 멈춰서더니 모자를 벗고 빨간 손수건으로 얼굴의 땀을 닦더군. 꼬마는 빌의 8피트쯤 뒤에서 멈추었어.

"샘."

빌이 말했어.

"넌 나를 배신자로 생각할지 모르지만 어쩔 수가 없었어. 나도 남자야. 남자로서의 의지도 있고 남에게 짓밟히고 조용히 물러설 성격은 아니야. 그렇지만 사람이란 의지도 의욕도 사라질 때가 있는 법이야. 꼬마는 가 버렸어. 내가 집으로 돌려보냈어. 이젠 모든 게 끝이야."

빌은 말을 이었다.

"손에 넣은 걸 포기하느니 차라리 죽는 게 낫다고 말할 녀석도 있겠지만 그 녀석들도 내가 겪은 초자연적인 괴로움을 당했던 적은 없을 거야. 나도 저 인질에게 되도록 충실하려고 했지만 사람이 참는 데도 한

계가 있는 법이니까 말이야."

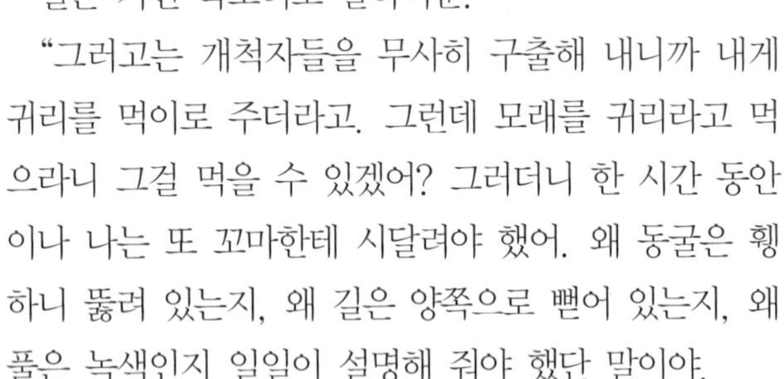

"빌, 무슨 일이 있었어?"

나는 물어보았지.

"나는 방어용 울타리까지 꼬박 구십 마일을 말 노릇을 하면서 달려갔어!"

빌은 거친 목소리로 말하더군.

"그러고는 개척자들을 무사히 구출해 내니까 내게 귀리를 먹이로 주더라고. 그런데 모래를 귀리라고 먹으라니 그걸 먹을 수 있겠어? 그러더니 한 시간 동안이나 나는 또 꼬마한테 시달려야 했어. 왜 동굴은 휑하니 뚫려 있는지, 왜 길은 양쪽으로 뻗어 있는지, 왜 풀은 녹색인지 일일이 설명해 줘야 했단 말이야.

이봐, 샘. 나는 더 이상 참을 수가 없었어. 나는 그 녀석의 멱살을 잡고 산에서 끌고 내려갔어. 산을 내려가는 도중에도 꼬마는 내 정강이를 계속 걷어차더군. 덕분에 내 무릎 아래로는 멍투성이가 되고 엄지손가락하고 손등은 몇 번이나 물려서 마비가 된 것 같아. 하지만 골칫덩어리 꼬마는 이제 없어."

빌은 말을 이어,

"꼬마를 집으로 돌려보냈어. 내가 서밋으로 가는 길을 가르쳐 준 다음 한방 걷어차고 나서 8피트쯤 마을 쪽으로 떼밀어 보냈지. 몸값을 날려 버린 건 유감이지만 그렇게라도 하지 않고선 이 빌 드리스콜이 정신병원에 입원하게 되고 말 거야."

빌은 아직도 거친 숨을 헐떡였지만 장밋빛으로 상기된 그 얼굴에는 뭐라 형언할 수 없는 안도감과 점점 더해 가는 만족감이 역력하더군.

나는 걱정스럽게 빌을 불렀지.

"빌, 너희 혈통에는 심장병은 없겠지?"

빌은 의아하다는 듯이 대답했어.

"말라리아에 걸린 것과 사고를 빼면 병을 앓은 적은 없어. 왜 묻지?"

"그렇다면 오른쪽 뒤를 돌아봐."

나는 말했지.

빌은 뒤를 돌아 저 뒤편의 꼬마를 발견하자 얼굴빛이 창백해지더니 땅바닥에 쿵하고 엉덩방아를 찧고는 손에 닿는 대로 풀과 나뭇가지를 마구 잡아 뜯는 거야.

거의 한 시간쯤 빌이 그러고 있자 나는 정말로 녀석의 정신이 이상해진 게 아닌가 걱정이 되었어.

나는 계획을 빨리 실천에 옮기자고 빌에게 말했지.

"도싯 영감이 이쪽 제의에 따라 주면 몸값을 챙기고 오늘 밤 안에 줄행랑 칠 작정이야."

그 말을 듣고서야 빌도 겨우 힘을 되찾은 듯, 저만치 뒤에 있는 꼬마에게 기분이 좀 나아지면 노일전쟁

놀이를 하자면서 러시아 군인이 되어 주겠다고 약속하더군.

나는 계획의 허를 찔려 붙잡히는 실수를 저지르지 않고 몸값을 챙길 수 있는, 전문 유괴범도 깜짝 놀랄 만한 계획을 가지고 있었어.

회답을 -그 다음에는 돈을- 말뚝 밑에 놓아두기로 지시한 나무는 길가 울타리 곁에 있었는데 그 주변의 사방은 아무것도 없는 드넓은 벌판이었어. 만약 경관들이 편지를 찾으러 오는 유괴범을 잡으려고 잠복해 있다면, 들판을 가로질러 오거나 길을 따라 와도 멀리서 쉽게 발견할 수 있을 거야. 하지만 누가 그 수에 넘어가겠나. 나는 8시 반 이전에 일찌감치 그 나무 위에 올라가 청개구리 모양으로 몸을 감쪽같이 숨기고 심부름꾼이 오기를 기다리고 있었지.

시간에 맞추어 거의 어른처럼 키가 큰 소년이 자전거를 타고 길을 따라 오더니, 울타리의 말뚝 밑에 놓인 종이상자를 발견하고 접은 종이쪽지를 그 안에 집어넣고는 곧장 서밋 쪽으로 돌아가더라고.

나는 한 시간쯤 더 기다린 후에 이제 문제 없다고 판단했지. 나무에서 미끄러져 내려와 종이쪽지를 꺼내어 호주머니에 넣고 울타리를 따라 남의 눈에 띄지 않게 숲속에 이르러 삼십 분쯤 지나서야 동굴로 돌아갔어.

편지를 열어 불빛 앞에서 읽기 까다로운 필적의 펜글씨를 빌에게 읽어 준 내용을 간추리면 다음과 같은 것이었어.

죽음을 두려워하지 않는 두 사람 귀하
삼가 답장 드립니다.

오늘 우편으로 자식의 반환을 위해 요구하시는 몸값에 관한 귀하의 편지를 잘 받았습니다. 귀하의 요구는 좀 지나치다고 생각되므로 이쪽에서 제안합니다. 아마도 당연히 허락하시리라 믿습니다.

귀하가 조니를 내 집에 데리고 돌아오는 조건에 현금으로 이백 오십달러를 내신다면 아들을 받아들이기로 동의하겠습니다. 그 시간은 밤이 좋으리라 생각합니다. 이웃 사람들은 본인의 아들이 이미 행방불명이 된 것으로 믿고 있는데 조니가 다시 나타난 것을 이웃 사람들이 본다면 당신들에게 무슨 짓을 하게 될지 저는 책임을 질 수 없기 때문입니다.

애브니저 도싯

"이런 악당 같으니!"

나는 말했지.

"뻔뻔스럽게 이런 소릴 지껄이다니……."

하지만 빌 쪽을 힐끗 쳐다보고 나는 도싯 영감을 욕하던 것을 멈추고 말았지. 빌은 비참한 눈으로 멍한 표정을 하고 나를 바라보았기 때문이야.

"샘."

그는 말하더군.

"이백오십 달러가 어떻다는 거야. 그 정도의 돈이라면 나도 가지고 있잖아. 이 꼬마하고 하룻밤만 더 지냈다간 나는 틀림없이 정신병원에 가고 만다니까. 도싯 씨는 훌륭한 신사일 뿐 아니라 이렇게 관대한 요구를 하는 걸 보면 의젓하고 인정이 많은 사람임에 틀림없어. 설마 이 기회를 놓칠 생각은 아니겠지?"

나도 빌에게 솔직하게 말했어.

"사실은 말이지. 이 말썽꾸러기 꼬마 녀석한테는 나도 손들고 말았어. 이 녀석을 집에 데려다 주면서 돈을 지불하고 꼬마한테서 도망치기로 하자."

그날 밤 우리는 아이를 집에 데려다 주었어. 꼬마에게는, 네 아버지가 은으로 장식한 총과 사슴가죽으로 만든 구두를 한 켤레 사 놓았으며 내일은 다들 곰 사냥을 하러 간다고 거짓말을 해서 간신히 데리고 갔지 뭐야.

애브니저네 집 현관문을 두드린 것은 정각 밤 열두 시였어. 애초의 계획대로라면 나무 밑에 놓인 종이상자에서 천오백 달러를 챙겼을 바로 그 시간에, 빌은

도싯의 손에 이백오십 달러를 쥐어 주었지.

꼬마는 우리가 저를 집에 떼어놓고 가 버릴 것을 눈치 채고는 오르간처럼 울부짖으면서 빌의 다리에 거머리처럼 달라붙더군. 도싯 영감은 반창고를 뜯어내듯이 꼬마를 빌에게서 천천히 떼어놓더라고.

"얼마 동안이나 이 아이를 붙잡아 둘 수 있습니까?"

빌이 걱정스레 묻자,

"나도 이제 전처럼 세진 않지만."

도싯 영감이 말하더군.

"아마 십 분 동안쯤은 붙잡고 있을 수 있겠지."

"충분합니다."

빌은 말했어.

"십 분이면 중부나 남부나 중서부의 주를 넘어 캐나다 국경을 향해 달리고 있을 겁니다."

그의 집을 나서자마자 빌은 깜깜한 밤중에 무작정 달리기 시작했어. 빌은 뚱뚱하고 달리기도 못하는 터라 늘 나보다 느렸었는데, 내가 빌을 간신히 따라잡았을 때에는 서밋 마을에서 1마일이나 벗어나 있더군.

사랑의 심부름꾼

공원은 사람이 붐빌 계절도 아니었고 또 그럴 시간도 아니었다.

그렇지만 인도 곁의 벤치에 앉아 있던 그 젊은 아가씨는, 문득 마음이 어지러워 잠시 거기에 앉아 전해 오는 봄소식이나 즐기려 했는지 모른다.

그녀는 깊은 생각에 잠겨 조용히 앉아 있었다. 그 얼굴은 어딘지 모르게 우울해 보였으며 그 우울은 요 며칠 사이에 시작된 것임에 틀림없었다. 그 이유는 아직 그녀의 젊고 아름다운 볼의 윤곽을 바꾸어 놓지 못했고 그 입술도 꼭 다물기는 했지만 매력적인 선을 무너뜨리지는 않았기 때문이다.

그때 키가 훤칠하게 큰 한 청년이 그녀가 앉아 있는 곳과 가까운 오솔길을 성큼성큼 걸어왔다. 그 뒤에는 청년의 여행가방을 든 한 소년이 뒤따르고 있었다.

청년은 젊은 아가씨를 힐끗 보더니 얼굴을 붉혔다가는 금세 제 얼굴빛을 되찾았다. 그는 아가씨의 모습을 살피면서 차츰 다가갔으나 그 얼굴에는 희망과 불안이 교차되어 있었다.

청년은 그녀 앞으로 몇 야드밖에 떨어지지 않은 곳을 지나쳤지만 그녀는 그의 모습이나 존재를 조금도 알아챈 것 같지 않았다.

그녀 앞을 그대로 지나가던 청년은 갑자기 멈춰 서더니 그녀가 앉아 있는 벤치와 조금 떨어진 벤치에 앉았다. 소년은 여행가방을 내려놓고 의아하다는 시선으로 청년의 거동을 살폈다. 청년은 손수건을 꺼내어 얼굴을 닦았다. 손수건도 좋은 것이었지만 청년의 얼굴도 잘생겼고 체격도 훌륭했다. 그는 소년을 보고 말했다.

"저기 벤치에 앉아 계시는 젊은 부인한테 심부름 좀 다녀오렴. 가서 저 부인한테 내가 지금 샌프란시스코로 가려고 정거장에 가는 중인데 그곳에 가면 알래스카에서 사슴사냥을 떠나는 원정대에 참가할 예정이라고 전해 다오.

그리고 말을 하거나 편지를 써서는 안 된다는 명령 때문에 어쩔 수 없이 이런 방법을 쓰게 되었다고 설

명하고, 부인의 공평한 판단에 마지막 호소를 하는 것이다, 그런 대접을 받을 이유가 없는 사람을 아무런 까닭도 없이 변명할 기회도 주지 않은 채 비난하면서 거들떠보지도 않는다는 건 내가 알고 있는 당신의 인품에 어울리지 않는다, 이런 말을 하는 건 당신의 금지령을 다소 어기는 일이긴 하지만 모두 다 당신이 공정하기를 바라기 때문이다, 이렇게 전해 다오. 자, 어서 부인한테 가서 지금 한 말을 전하고 오너라."

청년은 반 달러짜리 은화를 소년의 손에 쥐어 주었다.

소년은 지저분해 보이기는 하였으나 영리하게 반짝이는 눈으로 잠시 동안 청년을 바라보다가 부인에게로 달려갔다. 소년이 말을 잘 전할까 조금 불안하기는 했지만 별로 주저하지도 않고 벤치에 앉아 있는 여자에게 다가갔다. 그리고 뒤로 젖혀 쓴 체크무늬의 낡은 모자 차양에 손을 대어 인사를 했다.

아가씨는 호의도 보이지 않고 무심하게 소년을 바라보았다.

"아가씨."

소년은 말했다.

"저쪽 벤치에 있는 저 아저씨가 아가씨한테 '노래와 춤'(사랑의 다리 역할)을 전해 달라고 저를 심부름 시켰어요. 저 아저씨를 모른다면 틀림없이 저 남자는 좋지 않은 생각을 품고 있을 테니 모르면 모른다고 말해 주세요. 그러면 제가 당장 경관을 불러다 드릴게요. 그러면 아가씨한테 전해달라는 말을 하겠어요."

아가씨는 소년에게 조금 관심을 보이기 시작했다.

"노래와 춤이라고!"

침착하고 아름다운 그녀의 음성은 눈에 보이지 않는 투명한 빈정거림의 옷으로 그 말을 감쌌다.

"그것 참 신선한 생각인데? 연애 시에 나오는 말인지도 모르겠구나. 난 너를 심부름 보낸 저분을 전에는 잘 알고 있었지. 네가 말한 '노래와 춤'을 보여 주렴. 하지만 너무 큰 소리로 말하면 안 돼. 야외극을 하기엔 아직 좀 이르고 남이 봐도 곤란하니까."

"그런가요?"

소년은 몸과 함께 어깨를 으쓱하고 말했다.

"그럼, 아가씨. 내가 전할 말을 잘 알아듣겠군요. 뭐 대단한 건 아녜요. 저 아저씨는 아가씨한테 이렇게 말해 달라고 했어요.

칼라나 커프스를 여행가방에 담고 프리스코(샌프란시스코)로 간다, 그런 다음 클론다이크(캐나다 북서부 유콘 강 유역)로 뇌조를 잡으러 간다고 했어요. 아가씨가 러브레터를 보내거나 문 앞에서 서성거리면 안 된다고 해서 이런 방법을 썼으니 아가씨가 이해하라고 전해 달래요.

아가씨가 자신을 과거의 사람이라도 되는 것처럼 다루었기 때문에 어떻게든 그 생각을 없애 버리고 싶어도 저 아저씨에게 그럴 기회를 주지 않는다고요. 아가씨는 저 아저씨를 마구 때려 놓고도 그 까닭을 설명해 주지 않는다고 했어요."

아가씨의 눈에 보이는 호기심은 조금도 줄어들지 않았다. 그것은 아마 평상시의 의사 전달 방법을 그녀가 금해 버렸기 때문에 어쩔 수 없이 이런 수단을 쓰게 된, 뇌조사냥을 가는 청년의 독창성이나 대담성 때문에 일어난 관심일 것이다.

그녀는 인적이 드문 공원에 멍하니 서 있는 조각상을 물끄러미 바라보다가 이윽고 심부름 온 소년에게 말했다.

"저 신사한테 전해 줘. 새삼스럽게 내 이상에 대한 설명을 되풀이할 필요는 없을 거라고 말이야. 내 이상이 과거에 어떤 것이었는지, 현재는 어떤 것인지

저분은 잘 알 거야. 내 이상은 이번 일에 비추어 보아 절대적인 성실이나 진실이 제일 중요하다고 말이야. 난 내 마음을 자세히 들여다봐서 그 결점이나 욕구를 누구보다도 잘 알고 있어.

그러니까 저분의 변명 따윈 비록 그게 어떤 말이든 듣고 싶지 않아. 난 남의 소문이나 불확실한 증거를 가지고 저분을 책망하는 것이 아냐. 그러니까 나한테는 잘못이 없다고 생각해. 그렇지만 저분도 이미 알고 있는 걸 굳이 내 입으로 듣겠다면 이 이야기를 저분한테 전해 주렴.

그날 저녁, 난 어머니를 위해 장미꽃을 꺾으려고 뒷문으로 해서 온실로 들어갔었어. 그 안에서 저분하고 어쉬번 양이 복숭아나무 아래에 있는 걸 보았지. 정말이지 한 폭의 아름다운 그림 같았어. 그렇지만 그 포즈나 병치(竝置)는 설명을 들을 필요도 없이 나에게 모든 걸 분명하게 말해 주고 있었던 거야. 이 '노래와 춤'을 너희 대장한테 전해줘."

"아가씨, 내가 모르는 말이 하나 있어요. 병……, 병……, 뭐라더라?"

"병치야. 접근이라고 해도 돼. 보통이어야 할 위치

로선 너무 가깝다는 뜻이야."

소년은 발 밑의 모래를 걷어차면서 달려갔다. 그리고 다른 편의 벤치 앞에 섰다. 청년의 눈은 굶주린 듯이 소년에게 물어댔고 소년의 눈은 오로지 전달자로서의 열의로 반짝이고 있었다.

"여자란 꿈 같은 얘기나 달콤한 말을 하면 금방 흐물흐물해지는 걸 알고 있으니까 새삼스럽게 아첨 같은 말은 듣고 싶지 않다고 그랬어요. 저 아가씨는 아저씨가 따뜻한 집 안에서 여자를 껴안고 있는 걸 분명히 보았대요. 꽃을 꺾으려고 옆으로 발길을 돌리다가 아저씨가 다른 아가씨를 안고 있는 걸 보았다고 요. 아주 예쁜 아가씨였다던데요. 그런데 그건 좋지만 덕택에 저 아가씨는 기분이 많이 상했대요. 아저씨 따윈 멍청히 앉아 있지 말고 빨리 기차나 타고 가 버렸으면 좋겠대요."

청년은 소년에게 그 말을 듣고 나더니 나직하게 휘파람을 불었다. 그러다가 무슨 생각이 떠올랐는지 눈이 반짝이면서 갑자기 웃옷 호주머니에 손을 집어넣어 몇 통의 편지를 꺼냈다. 그 가운데에서 한 통을 찾아내 소년에게 주었다. 그리고 조끼 호주머니에서 1달러짜리 은화를 꺼내어 소년의 손에 쥐어 주었다.

"이 편지를 저 부인한테 드리고 오너라."

그는 말했다.

"그리고 이 편지를 읽으라고 해라. 이걸 읽으면 그 때의 상황을 모두 설명하는 거나 같다, 만일 당신의 이상으로 삼은 개념에 약간의 신뢰만 있었다면 당신은 마음의 상처를 입지 않아도 되었을 것이다, 당신이 진심으로 소중하게 여기고 있는 나의 성실성은 조금도 흔들리지 않았다, 당신의 회답을 기다리고 있겠다, 그렇게 전해 다오."

심부름꾼은 다시 아가씨 앞에 가 섰다.

"저 아저씨는 아무런 잘못도 없는데 무고한 죄를 뒤집어썼어요. 자기는 흔들거리는 사람은 아니라고 그랬어요. 아가씨. 이 편지를 읽으세요. 저 아저씨는 아주 좋은 사람 같아요."

젊은 여자는 반신반의하는 태도로 그 편지를 펴서 읽기 시작했다.

친애하는 아놀드 선생님

지난 주 금요일 저녁, 월든 부인의 리셉션에 갔다가 마침 그 집 온실에 있던 제 딸의 지병인 심장병이

발작했을 때 선생님이 극진하게 간호해 주셔서 정말 감사하기 이를 데 없었습니다. 만일 그때 선생님이 곁에 안 계셔서 딸이 쓰러지는 걸 부축해 주시지 않았더라면, 그리고 적절한 처치를 하지 않았더라면 딸의 생명이 어떻게 되었을지 모를 일이었다고 생각합니다.

저희 집에 한번 오셔서 딸의 치료를 부탁드릴 수 있으면 그 이상의 기쁨이 없겠습니다.

로버트 어쉬번

아가씨는 다 읽은 편지를 접어서 그것을 소년에게 되돌려주었다.

"저 아저씨는 아가씨 대답을 기다리고 있겠대요."

소년이 말했다.

"뭐라고 대답하면 좋을까?"

소년을 보는 아가씨의 눈은 반짝이며 미소와 함께 눈물을 글썽이고 있었다.

"저쪽 벤치에 앉아 있는 저분한테 전해줘."

그녀는 기쁘면서도 수줍은 듯이 웃으며 말했다.

"내가 만나고 싶어한다고."

운명의
길

미래의 운명을 찾아
나는 여러 길을 간다.
예지의 빛을 향한
성실하고 강렬한 마음과 사랑
그것이 우리 운명을 정하고
피하고 지배하고 형성하는 싸움에서
나를 받쳐 주는 게 아닐까.

데이비드 미뇨의 미발표 시에서

노래가 끝났다. 가사는 데이비드가 쓴 것이고 곡은 이 고장 가곡의 하나이다. 선술집 테이블을 에워싼 사람들은 환영의 박수를 보냈다. 이 젊은 시인이 사람들의 술값을 치렀기 때문이다.

오직 공증인 파피노 씨만이 이 가사가 약간 못마땅하다는 듯이 고개를 갸웃거렸다. 그는 어느 정도의 학문도 가지고 있을 뿐 아니라 다른 사람들처럼 취하지도 않았던 것이다.

데이비드는 마을의 거리에 나갔다. 밤공기가 머리에서 취기를 몰아내었다. 그 덕분에 이본과 다투고, 넓은 세상에 나가 명성과 영예를 얻기 위해 고향을 떠나기로 결심했던 일이 떠올랐다.

"사람들이 내 시를 노래하게 된다면."

그는 들뜬 기분으로 중얼거렸다.

"그녀는 아마 오늘 심하게 해댄 말들을 후회하게 되겠지?"

선술집에서 마시거나 떠들어대는 사람들 빼고는 마을 사람들은 벌써 잠들어 있었다. 데이비드는 아버지의 헛간에 붙어있는 자기 방에 들어가 옷 몇 가지를 몰래 쌌다. 그 옷 꾸러미를 막대기 끝에 매고 베르누아를 나가는 큰길을 향해 집을 나섰다.

저녁 무렵 우리로 몰아넣었던 양떼 곁을 지나갔다. 시를 쓰는 동안 마음대로 돌아다니게 풀어 두고 날마다 지키던 양들이었다.

이본의 창문에 아직 불이 켜져 있는 것을 본 그는

금세 마음이 약해져서 결심이 흔들렸다. 등불이 켜져 있다는 것은 그녀가 아까 화낸 것을 후회하며 잠을 이루지 못하기 때문일 것이다. 내일 아침엔 틀림없이 -아니, 이러면 가지 못한다.

나는 결심하지 않았던가. 베르누아는 내가 있을 곳이 아니다. 이곳은 내 생각을 이해해 줄 사람이 한사람도 없다! 내 운명과 미래는 이 길의 끝에 있다.

그 길은 달빛이 희미하게 비치는 평야를 가로질러 농부가 갈아놓은 밭두렁처럼 곧바로 9마일쯤 뻗어 있었다. 마을 사람들은 이 길이 파리까지 뚫려 있을 거라고 믿고 있었다. 시인은 그 길을 걸으면서 파리의 이름을 몇 번이고 입 안에서 되뇌어 보았다.

데이비드는 베르누아에서 그토록 먼 곳까지 여행한 적이 한번도 없었다.

왼쪽 길

그리고 길은 9마일쯤 뻗어 가다가 근심의 벽에 마주친다. 길은 또 한 가닥의 더 넓은 길과 직각으로 마주친다. 데이비드는 잠시 망설이며 서 있다가 이윽고 왼쪽 길로 향했다.

이 중요한 왼쪽 길에는 방금 난 마차 바퀴 자국이 먼지 속에 남아 있었다. 삼십 분쯤 더 길을 걸어가자 산기슭을 따라 흐르는 개울의 진창 속에 한 대의 커다란 마차가 빠져 있는 것을 발견했다. 길에 난 바퀴 자국은 이 마차 때문에 생긴 것이었다.

길 한편으로 까만 옷을 입은 육중한 체구의 사나이와 길고 가벼운 망토를 입은 날씬한 부인이 서 있었다. 마부와 수행원들이 소리치며 고삐를 끌어당겼다.

데이비드는 수행원들이 열심히 노력하고는 있지만 일이 미숙하다는 것을 알아냈다. 그래서 그가 직접 이 곤란한 일을 해결해 주기로 마음먹고 수행원들을 향하여 말에게 소리치거나 힘으로 마차를 움직이려 하지 말라고 충고했다. 마부가 여느 때처럼 말을 부추기고 데이비드는 마차 뒤를 어깨로 힘을 다해 밀어올렸다. 마부와 호흡을 맞춰 한번 힘껏 밀자 커다란 마차는 거뜬히 굳은 땅으로 굴러 나왔다. 수행원들은 제각기 자리에 올랐다.

데이비드는 잠시 기대어 쉬고 있었다. 큰 체구의 신사가 그를 손짓으로 부르더니 말했다.

"선생도 타시오."

그 목소리는 체격과 어울리게 컸지만 기교와 습관 때문에 퍽 부드럽게 들렸다. 이런 목소리를 들으면 누구라도 복종하지 않을 수 없을 것이다. 젊은 시인은 잠시 주저하다가 다시 권하자 그 말에 따랐다.

데이비드의 발이 마차의 발판을 디뎠다. 어둑한 마차 안 뒷좌석에 있는 귀부인의 모습이 희미하게 보였다. 그가 귀부인의 맞은 편에 앉으려고 하자 아까의 그 목소리가 그에게 다시 복종을 강요했다.

"숙녀의 옆자리에 앉으시오."

신사는 육중한 몸을 앞자리로 옮겨 앉았다. 귀부인은 말없이 구석에 웅크리고 있었다. 그녀가 어린지 나이가 많은지 데이비드는 짐작할 수 없었지만 그 드레스에서 풍기는 아련한 향기는 그에게 공상을 불러일으켰고 그 신비의 그늘에는 틀림없이 아름다움이 숨겨져 있을 것으로 짐작케 했다. 지금까지 여러 번 상상했던 모험이 눈앞에 나타난 것이다. 그러나 그는 아직 신비를 풀 열쇠를 가지고 있지 않았다. 누구인지도 모르는 사람들과 한자리에 앉아 있었지만 그들은 서로 한마디도 말을 나누지 않았기 때문이다.

한 시간쯤 지나 데이비드

는 마차 밖을 내다보아 마차가 어느 도시를 달리고 있는지 알 수 있었다.

이윽고 마차는 문이 닫힌 캄캄한 여관 앞에 섰다. 한 수행원이 내려가 조급하게 문을 두드리자 2층의 격자창이 활짝 열리고 나이트캡을 쓴 머리가 창밖으로 불쑥 나왔다.

"이런 한밤중에 잠든 사람을 깨우는 게 누구요! 오늘은 벌써 끝났소. 이렇게 밤이 깊은데 바깥을 싸돌아다니다니 점잖은 나그네가 할 짓이 아니오. 시끄럽게 문을 두드리지 말고 냉큼 가시오!"

"문을 열어라!"

수행원은 큰 소리로 말했다.

"보페르튜이 후작님이시다."

"옛?"

2층의 목소리가 외쳤다.

"이거, 원……. 제발 용서해 주십시오, 나리. 그만 알아 뵙지 못했습니다. 그렇긴 합니다만 이렇게 한밤중이라, 네, 곧 문을 열겠습니다. 잠시만 기다려 주십시오."

안쪽에서 쇠사슬과 빗장을 푸느라 달가닥거리는 소리가 들리고 잠시 후에 문이 활짝 열렸다. 실버 플래

곤의 주인은 옷을 걸치는 둥 마는 둥 추위와 불안에 떨면서 촛불을 켜들고 문간에 서 있었다.

데이비드는 후작의 뒤를 이어 마차에서 내렸다.

"숙녀께 손을 빌려주시오."

후작이 명령하자 시인은 그 지시에 따랐다. 부인을 마차에서 내리도록 도우면서 부인의 작은 손이 떨리는 것을 느꼈다.

"안으로."

이 말이 후작의 다음 명령이었다.

집 안의 그 방은 여관의 좁고 긴 식당이었는데 넓은 떡갈나무 식탁이 길게 놓여 있었다.

육중한 체구의 신사는 출입문에 가까운 의자에 앉았다. 귀부인은 몹시 피곤한지 벽을 등진 의자에 힘없이 앉는다. 데이비드는 이 일행과 작별하고 여행을 계속하려면 어떻게 하는 게 좋을까를 생각하면서 그곳에 그냥 서 있었다.

"나리."

여관 주인은 머리가 땅에 닿도록 허리를 굽히고 말했다.

"이렇게 오실 줄 미리 알았더라면 모실 준비를 해두었겠습니다만, 포, 포도주하고 닭고기 냉육하고 그리고……."

"양초를!"

후작은 독특한 몸짓으로 하얗고 통통한 한쪽 손가락을 뻗치면서 말했다.

"예, 예, 나리님."

주인은 양초를 반 다스쯤 가져오더니 양초에 불을 붙이고 식탁 위에 세웠다.

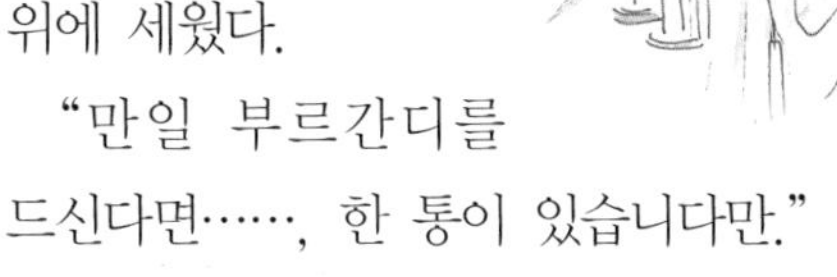

"만일 부르간디를 드신다면……, 한 통이 있습니다만."

"양초를!"

한쪽 손가락을 뻗치면서 후작은 또 말했다.

"알겠습니다. 당장 가져오겠습니다, 나리."

다시 한 다스쯤 되는 양초에 불을 켜서 식당을 밝혔다.

후작의 큰 체구는 의자에서 튕겨져 나올 것처럼 보였다. 손목과 깃에 새하얀 주름장식이 붙어있을 뿐 머리부터 발끝까지 까만 빛깔로만 된 복장이었다. 칼자루나 칼집까지도 모두 까맸다. 그의 얼굴 표정은 사람을 업신여기는 것처럼 교만해 보였으며 위로 삐쳐 올라간 코밑수염은 사람을 우롱하는 듯이 눈언저리까지 닿을 것만 같았다.

귀부인은 꼼짝도 하지 않고 앉아 있었는데 이때에야 비로소 데이비드는 그녀가 나이가 젊은 여인으로 호소하는 듯한 눈빛과 애수 어린 아름다움을 지녔음을 알았다. 그 애수 띤 아름다움에 넋을 잃고 있던 그는, 정신이 번쩍 들게 하는 후작의 굵직한 목소리에 소스라치게 놀라 자신으로 돌아왔다.

"자네 이름이 뭔가? 직업이 뭐지?"

"데이비드 미뇨라고 합니다. 시인입니다."

후작의 코밑수염이 눈까지 치켜 올라갔다.

"무엇을 해서 생활하나?"

"저는 양치기도 하고 있습니다. 아버지의 양을 지켜 주고 있습니다."

그는 당당하게 고개를 쳐들고 말했지만 웬일인지 볼이 빨개졌다.

"그렇다면 양치기를 하는 시인 데이비드 군. 오늘 밤, 자네가 만난 뜻밖의 행운이니 잘 들어 보기 바라네.

이 숙녀는 내 조카 뤼시 드 바렌 양일세. 고귀한 가문에 태어났고 이 조카 자신의 재산에서 1년에 1만 프랑의 수입이 있지. 매력은 보는 바와 같고. 만일 이 모든 것이 자네 마음에 든다면 자네의 단 한마디로 내 조카는 자네의 아내가 될 수 있네.

그 전에 내 말을 좀 들어보게. 오늘 나는 이 조카를 약혼자인 비르몰 백작의 성으로 보내려고 데리고 갔었지. 손님들도 모여 있었고 사제도 기다리고 있었네. 신분과 재산에 어울리는 사나이와의 결혼식이 막 시작되려는 참이었네. 그런데 결혼식 제단 앞에서 이 얌전하고 정숙한 아가씨가 느닷없이 암표범처럼 나한테 달려들어 나를 잔인하고 죄 많은 남자라며 욕설을 퍼붓더니 어리둥절해 있는 사제 앞에서 내가 맺어준 약혼을 파기해 버렸네. 그래서 나는 그 자리에서, 이 조카는 성 밖으로 나가 맨 처음 만난 남자와 –그가 왕자이든 석탄을 때는 화부이든 도둑놈이든– 결혼해야 한다고 여러 악마에게 맹세해 버렸다네.

양치기인 자네가 그 첫 번째 남자일세. 이 처녀는 오늘 밤에 결혼해야 하네. 자네와 결혼하지 않더라도 누구하고든 결혼해야 하는 거지. 십 분의 시간을 줄 테니 그 사이에 결심해 주기 바라네. 말을 걸거나 묻거나 하면서 나를 귀찮게 해서는 안 돼! 알겠나? 십 분 동안일세!"

십 분은 날아갈듯이 스쳐가 버릴 시간이었다.

후작은 하얗고 통통한 손으로 쾅 하고 식탁을 쳤다. 그리고 입을 다문 채 대답을 기다렸다. 그것은 거대한 저택에 접근하는 사람을 가로막으려고 문이나 창문을 꼭 닫는 듯한 태도였다. 데이비드는 여러 가지를 묻고 싶었으나 이 큰 체구의 사나이가 이 같은 태도로 그의 입을 막아 버렸기 때문에 귀부인에게 다가가 머리를 숙였다.

"아가씨."

이토록 정숙하고 아름다운 숙녀 앞에서 쉽사리 말이 나오다니 자신도 깜짝 놀랐다.

"들으셨겠지만 저는 양치기입니다. 때로는 나 자신을 시인이라고 공상하는 일도 있습니다. 아름다운 사람을 칭송하고 사랑하는 것이 시인임을 증명하는 것이라면 그 공상은 이제야말로 확증된 것입니다. 제가 아가씨에게 도움을 드릴 수 있을까요?"

젊은 부인은 눈물이 말라 버린 슬픈 눈으로 그를 쳐다보았다. 이 중대한 모험에 열정을 다하고 있는 그의 솔직하고 밝게 빛나는 얼굴, 믿음직하고 의젓한 모습, 파란 눈동자에 글썽이는 동정의 눈물, 그리고 오랫동안 찾아 헤매던 구원과 함께 절실하게 필요했던 친절에 감복했는지 그녀는 갑자기 울음을 터뜨렸다.

"선생님은."

그녀는 낮은 음성으로 말했다.

"진실하고 친절한 분입니다. 저분은 저의 백부님으

로 아버님의 형님이신데 저에겐 단 한 분뿐인 혈육이십니다. 백부님께서는 제 어머님을 사랑하셨습니다. 그런데 제가 어머니를 닮았다고 해서 저를 미워하셨죠. 백부님 때문에 저는 오랫동안 괴로운 생활을 해왔습니다. 저는 백부님의 얼굴만 보아도 무서워서 지금까지 한번도 백부님의 말씀에 거역한 적이 없었습니다. 하지만 백부님은 오늘 저보다 나이가 세 배나 많은 남자와 결혼시키려고 하시더군요.

선생님에게까지 엉뚱한 폐를 끼쳐서 정말 죄송합니다. 백부님이 선생님한테 강요하려는 이런 미치광이 같은 짓은 부디 거절해 주십시오. 하지만 선생님의 따뜻한 말씀에는 감사를 드리고 싶습니다. 오랫동안 저는 사람들한테서 이처럼 따뜻한 친절을 받은 적이 없었답니다."

시인의 눈에는 친절 이상의 것이 담겨 있었다. 역시 그는 시인이었나 보다.

그는 그 순간 이본 따위는 완전히 잊어버리고 처음으로 만난 이 더없이 아름다운 아가씨의 순진함과 우아함에 마음이 사로잡혔기 때문이다. 그녀에게서 풍기는 아련한 향기는 야릇한 감동으로 그의 마음을 충만하게 했다. 그의 열렬한 눈빛은 그녀에게 사랑을 쏟아 붓고 있었다. 그녀는 그의 눈길에 빠져 들었다.

"몇 년이 걸릴지도 모를 일을 십 분 동안의 짧은 시간 안에 당장 결정해야 합니다."

데이비드는 말했다.

"나는 당신을 동정한다고 말씀드릴 수 없습니다. 그렇게 말씀드린다면 거짓말이 됩니다. 나는 당신을 사랑합니다. 하지만 당신에게 사랑을 요구하지는 않습니다. 그러나 부디 이 잔혹한 사나이로부터 당신을 구하도록 허락해 주십시오.

그러면 언젠가는 당신의 가슴에도 사랑이 싹틀지 모릅니다. 나에게는 미래가 있습니다. 언제까지고 양치기만 할 생각은 아닙니다. 어쨌든 잠시 동안이나마 나는 정성을 바쳐 당신의 슬픔을 몰아내어 드리고 싶습니다. 아가씨, 당신의 운명을 내가 맡을 수 있도록 허락해 주십시오."

"당신은 저에 대한 연민 때문에 자신을 희생시키려고 하시는군요."

"아닙니다. 사랑 때문입니다. 자, 이제 시간이 없습니다. 아가씨."

"틀림없이 후회하시게 돼요. 그리고 저를 경멸하실 거예요."

"당신을 행복하게 하고 나 자신을 당신에게 어울리는 사람으로 만드는 것만이 내가 사는 목표입니다."

그녀의 아름답고 작은 손이 망토 밑에서 나와 살며시 그의 손에 쥐어졌다.

"제 인생을."

그녀는 속삭였다.

"당신에게 맡기겠어요. 그리고, 그리고 사랑도, 당신이 생각하고 계시는 만큼 멀리 있는 게 아닐지도 모르지요. 백부님께 말씀해 주세요. 백부님께서 보지 못하는 곳으로 멀리 갈 수 있다면 그 두려움을 잊게 될지도 몰라요."

데이비드는 후작 앞으로 다가가 섰다. 온통 새까만 후작의 업신여기는 듯한 눈동자가 식당의 큰 시계를 힐끗 쳐다보았다.

"2분밖에 남지 않았다. 아름다운 부자 신부를 맞아들이느냐 마느냐를 결정하는 데에 양치기는 8분이나 필요한가. 자, 양치기, 사양하지 말고 말해 보게나, 자네는 이 아가씨의 남편이 되는 데에 이의가 없는가?"

"아가씨께서는."

그는 당당하게 서서 말했다.

"영광스럽게도 아내가 되어 달라는 제 소원을 들어주셨습니다."

"잘 했다."

후작은 말했다.

"자네는 구혼자로서의 자격을 충분히 갖춘 모양이로구나. 양치기 대장, 이 조카는 더 형편없는 제비를 뽑았어도 어쩔 수가 없었다. 자, 교회와 악마가 허락한다면 한시라도 바삐 식을 올리도록 하자."

후작은 칼집을 들어 탕 하고 식탁을 쳤다. 여관 주인은 후작의 변덕스러운 비위를 맞추느라 더 많은 양초를 들고 무릎을 부들부들 떨면서 왔다.

"사제를 불러 오너라!"

후작은 말했다.

"사제다. 알았느냐? 십 분 안에 사제를 데려오너라. 그렇지 않으면……."

주인은 양초를 그 자리에 내팽개치고 달려 나갔다.

사제는 졸린 눈을 하고 무표정한 얼굴로 들어왔다. 그리고 데이비드 미뇨와 뤼시 바렌을 결혼시키고 나서 후작이 던져 주는 금화를 호주머니에 집어넣고 다시 밤길을 어슬렁어슬렁 걸어갔다.

"술이다!"

후작은 그 기분 나쁜 하얀 손가락을 주인을 향해

뻗치면서 명령했다.

"자, 술을 따라라!"

술을 가져오자 후작은 말했다. 그는 양초의 불빛이 비치는 식탁 끝에서 일어섰다. 조카딸을 보는 그의 눈초리는 옛사랑의 추억이 독으로 바뀌어 악의와 교만이 가득 차 있었다.

"미뇨 군."

술잔을 들고 후작이 말했다.

"술을 마시기 전에 먼저 내 얘기를 들어 보게. 자네는 불행하게도 자네의 인생을 무참하게 만들 여자를 아내로 삼았군. 이 조카는 검은 거짓과 빨간 파멸을 가져다주는 피를 이어받았지. 이 아이는 자네한테 오욕과 불안을 가져다 줄 거야. 조카한테 옮겨간 악마는 농부의 눈이나 살갗이나 입 안에까지도 숨을 수 있지. 시인 미뇨 군, 자네의 행복했던 인생에 약속되어 있던 것은 이제 이것뿐이야. 자, 자네의 술잔을 비우게. 바렌, 이제야 나는 간신히 귀찮은 너를 떼어 버릴 수 있게 되었구나."

후작은 술잔을 비웠다. 아가씨의 입에서는 다치기라도 한 듯 애처롭고 작은 비명이 흘러나왔다. 데이비드는 손에 술잔을 든 채 세 걸음쯤 나아가 후작과 마주섰다. 양치기답지 않게 당당한 태도였다.

데이비드는 말했다.

"지금 영광스럽게도 저를 군이라고 불러 주셨습니다. 아가씨와의 결혼으로 저는 조금이나마 각하와 가까워졌습니다. 말하자면 아내의 신분 때문에 저 자신도 높아졌다는 뜻입니다. 그래서 각하와 대등한 위치에서 저의 생각을 말할 권리를 얻었다고 봅니다만 각하께서는 어떻게 생각하십니까?"

"좋겠지."

후작은 차갑게 웃어넘겼다.

"그럼."

데이비드는 자신을 냉소하는 후작의 오만하기 짝이 없는 얼굴에 들고 있던 술을 끼얹었다.

"주제넘지만 저하고 결투합시다."

후작의 분노는 갑자기 불어 대는 뿔피리처럼 입에 담지 못할 욕설로 폭발했다. 그는 검은 칼집에서 칼을 빼어들더니 당황해하는 주인을 보고 외쳤다.

"이 칼을 농사꾼한테 줘라."

그러고 나서 후작은 심장이 얼어붙어 버릴 것 같은 큰 소리로 웃으며 조카에게 말했다.

"뜻밖에 네게 폐를 끼치는구나. 하룻밤 사이에 사위를 맞기도 하고 미망인을 만들어 주기도 해야 할 모양이다."

"저는 검술에 소질이 없습니다."

데이비드는 얼굴을 붉히며 부인 앞에서 고백했다.

"나는 검술에 소질이 없습니다."

후작은 그대로 흉내 내어 그를 비웃었다.

"그럼 농부답게 떡갈나무 방망이를 들고 싸우기로 할까? 여봐라, 프랑수아. 권총을 가져오너라!"

마부 한 사람이 마차에 걸어 놓은 권총 주머니에서 은장식을 하여 번쩍번쩍 빛나는 대형 권총을 두 자루 가져왔다. 후작은 권총 한 자루를 데이비드 곁의 식탁 위에 던져 주었다.

"자! 식탁 반대편에 서라!"

후작은 외쳤다.

"양치기라도 방아쇠쯤은 당길 수 있겠지. 드 보페르튜이 후작의 무기로 죽게 된다는 건 목숨을 길게 부지하기 어렵다는 뜻이다."

양치기와 후작은 긴 식탁 양쪽 끝에 마주보고 섰다. 여관 주인은 공포에 떨면서 팔을 휘저으며 더듬거렸다.

"나, 나, 나리, 부탁합니다……. 부, 부디 집 안에서는……, 참아 주십시오. 피를 흘리지 않게 해 주십시오. 장사가 엉망이 됩니다……."

그러나 후작의 무서운 표정에 겁이 나서 주인은 혀가 오므라들고 말았다.

"겁쟁이 녀석!"

보페르튜이 후작은 소리쳤다.

"결투신호를 할 때까지만이라도 이가 부딪치는 소리를 그만두지 못할까?"

여관 주인은 비틀거리더니 식당 바닥에 주저앉아 버렸다. 말도 나오지 않고 목소리를 낼 수조차 없었다. 그래도 여전히 몸짓으로 여관 장사와 손님을 들먹이며 선처를 간청했다.

"제가 신호를 해 드리죠."

맑은 목소리로 귀부인이 말했다. 그녀는 데이비드에게 다가가 다정하게 입 맞추었다. 그녀의 눈은 반짝반짝 빛나고 볼은 약간 상기되어 있었다. 그녀는 벽을 등지고 섰다. 두 결투자는 그녀가 수를 세는 동안 권총을 수평으로 들고 있었다.

"하나, 둘, 셋."

두 총소리가 거의 동시에 났기 때문에 촛불이 한 번 밖에 흔들리지 않았다. 후작은 펼친 왼쪽 손가락들을 식탁 끝에 얹고 웃으며 서 있었다. 데이비드는 똑바로 선 채 아주 천천히 고개를 돌려 아내가 된 여인의 모습을 찾았다. 이윽고 그의 몸은 벽에 걸린 옷이 풀썩 떨어지듯이 식당 바닥에 무너져 내렸다.

과부가 된 젊은 여인은 공포와 절망의 낮은 외마디 소리를 지르며 달려가 그의 몸 위에 엎드렸다. 그녀는

데이비드의 상처를 살피더니 예전처럼 창백하고 우수에 젖은 표정으로 후작을 올려다보았다.

"심장에 맞았어요."

속삭이듯이 말했다.

"심장을!"

후작의 쩌렁쩌렁한 목소리가 울려 퍼졌다.

"자, 함께 마차에 타자! 밤이 새기 전에 너를 누구에게든 넘겨야 해. 오늘 밤 안으로 다시 한 번 살아 있는 남자와 결혼해야지. 다음엔 노상강도나 농부를 만날 것이다. 길에서 남자를 한 사람도 만나지 못한다면 그때는 저택의 문을 열어 주는 문지기가 될 것이다. 자, 어서 마차에 타자."

고집을 육중한 체구로 둘러싼 후작과 망토로 신비의 몸을 싼 귀부인, 그리고 권총을 가진 마부, 그들은 여관 밖으로 나가 마차 쪽으로 걸어갔다.

멀어져 가는 묵직한 바퀴소리가 잠에 곯아떨어진 마을에 메아리쳤다.

실버 플라곤 식당에서는 제정신이 아닌 주인이 시인의 두 손을 시체 위에 묶고 있었고 식탁 위에서는 스물 네 개의 촛불이 춤을 추었다.

오른쪽 길

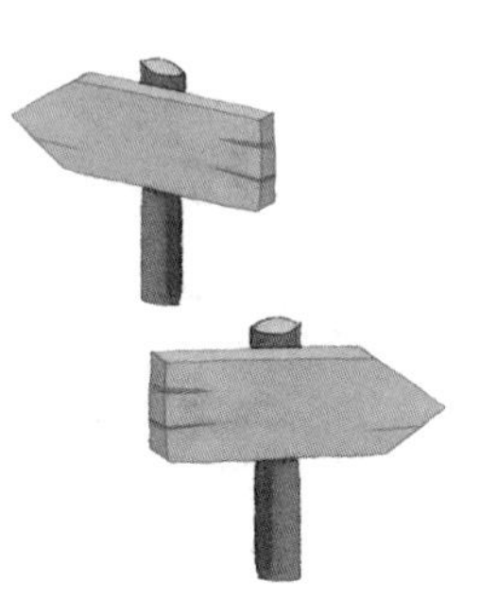

그리고 길은 9마일쯤 뻗어 가다가 근심의 벽에 마주친다. 길은 또 한 가닥의 더 넓은 길과 직각으로 마주친다. 데이비드는 잠시 망설이며 서 있다가 이윽고 오른쪽 길로 향했다.

그 길이 어디로 통하고 있는지는 모르지만 어쨌든 데이비드는 그날 밤 안에 베르누아에서 멀리 떠나기로 결심했다.

3마일쯤 가자 높은 성 앞을 지나가게 되었는데 그곳에서는 방금 연회가 끝난 것 같았다. 어느 창문이나 등불이 깜빡이고 있었고 높은 성문 밖에는 손님들의 마차 바퀴자국이 먼지 속에 이리저리 나 있었다.

다시 9마일쯤 지나자 데이비드는 지쳐 버렸다. 그는 걸음을 쉬고 길가의 소나무 가지를 꺾어 자리를 만들어 잠깐 잠을 청했다. 잠시 뒤에 일어나 또다시 미지의 길을 떠났다.

이렇게 해서 닷새 동안, 그는 큰길을 따라 여행을 계속했다. 어느 때는 자연의 편안한 잠자리에서 자고 어느 때는 농가의 건초더미 위에서 잤다. 어느 때는 농부들의 정성이 들어 간 검은 빵을 먹고 어느 때는 개울물을 마셨으며 어느 때는 양치기가 따라 주는 술로 목을 축였다.

그는 드디어 커다란 다리를 건너 이 세상 다른 어느 곳보다 수많은 시인을 망쳐 놓기도 하고 영광을 안겨 주기도 하며 상냥하게 반겨 주는 도시에 발을 들여놓았다. 실제로 파리가 그를 위해 활기찬 환영 노래 –사람의 목소리나 발소리나 마차 소리–를 불러 주었을 때 그의 숨결은 저절로 빨라졌다.

데이비드는 컨치 가에 있는 낡은 집 다락방을 세내어 나무의자에 앉아 시를 쓰기 시작했다.

옛날에는 신분이 높은 유지들이 살던 거리였으나 지금은 몰락한 사람들에게 자리를 물려주었다. 지붕들이 높이 솟아 있어 황폐한 가운데서도 옛날의 위용이 그대로 남아 있었는데 대부분은 집들이 비어 있어 먼지와 거미줄만이 가득했다. 거리에 밤이 오면 칼 부딪는 소리나, 이 술집 저 술집으로 헤매고 다니면서 싸우고 욕질하는 사람들의 고함소리가 떠들썩하게 들려 왔다. 옛날에는 고상한 사람들이 살던 곳이 지금은 불결하고 포악한 황폐의 거리로 바뀐 것이다. 그렇지만 데이비드는 이 집이 자신의 보잘것없는 호주머니 사정에 잘 어울린다는 것을 알았다. 낮에는 창가의 햇빛 아래에서, 밤에는 촛불 아래에서 그는 펜을 들었다.

어느 날 오후, 데이비드는 식료품을 구하러 거리에 나가 빵과 치즈와 순한 포도주 한 병을 안고 돌아오는 길이었다.

어두운 층계 중간쯤에서 시인의 상상적 판단력마저 잃을 것 같은 젊고 아름다운 여자를 만났다. 아니 그녀가 층계에서 쉬고 있었으니 우연히 마주쳤다고 하는 편이 나을지도 모른다.

약간 긴 까만 망토를 입었는데 그 아래로 아름다운 드레스가 보였다. 그녀의 눈은 미세한 기분의 변화에도 아찔하리만큼 빠르게 바뀌었다. 아이들 눈처럼 귀엽고 천진난만하게 보이다가도 순간적으로 집시의 그것처럼 가늘고 길며 약삭빠르게 보였다.

그녀가 한 손으로 드레스를 약간 걷어올리자 조그만 하이힐의 구두끈이 풀려 늘어져 있는 것이 보였다. 그녀는 천사와 같은 기품이 있어 스스로 몸을 구부려 구두끈을 매기보다는 남을 매혹하고 명령하는 것이 더 잘 어울렸다.

아마 그녀는 데이비드가 층계를 올라오는 것을 보고 그의 손을 빌리기 위해 거기에서 기다리고 있었을 것이다.

"층계를 막아서 정말 미안합니다. 이 구두가, 정말 몹쓸 구두예요. 리본이 자꾸 풀립니다. 정말 죄송하지만……."

변덕스럽고 몹쓸 구두끈을 매주면서 시인은 떨고 있었다. 구두끈을 다 맨 그는 아슬아슬한 그녀의 눈길을 피하려고 했지만 집시의 눈처럼 가늘고 길며 약삭빠르게 보이는 그녀의 눈빛에 사로잡혀 꼼짝할 수가 없었다. 그는 시큼한 포도주 병을 든 채 난간에 몸을 기댔다.

"친절하게도 끈을 매주셔서 고맙습니다."

그녀는 웃으면서 물었다.

"선생님도 이 집에 살고 계시죠?"

"네, 그, 그렇습니다."

"그럼, 3층인가요?"

"아뇨, 더 위입니다."

그녀는 조금도 초조해하지 않고 손을 흔들며 말했다.

"용서하세요. 이런 무례한 말씀을 드려서 정말 미안합니다. 사시는 곳을 묻다니 무례하기 짝이 없군요."

"당치않은 말씀입니다. 내가 사는 곳은……."

"아니, 아닙니다. 이제 말씀하시지 않아도 괜찮아요. 제가 잘못했습니다. 하지만 저는 이 건물과 이 건물 안에 사는 사람들에게 가지고 있는 관심을 떨쳐버릴 수가 없어요. 예전에는 이곳이 제 집이었습니다. 그래서 여길 자주 찾아와 즐거웠던 시절을 되새기곤 합니다. 이제 제가 저지른 실례가 변명이 되었는지 모르겠네요."

"아닙니다. 변명하실 필요 없습니다."

시인은 더듬거리면서 말했다.

"나는 제일 위층에 살고 있습니다. 층계 모퉁이의 작은 방입니다."

"바깥쪽 방인가요?"

부인은 고개를 조금 갸웃거리며 말했다.

"아닙니다. 뒤쪽입니다."

이 말을 듣더니 그녀는 안심한 표정이었다.

"이제 더 붙잡지 않겠어요."

그녀는 귀엽고 천진스러운 눈빛으로 바뀌어 말했다.

"부디 제 집을 아껴 주세요. 아, 이제는 이 집에서의 추억만이 남아 있군요. 그럼 안녕히 계세요. 친절하게 대해 주셔서 감사합니다."

미소와 함께 뭐라고 표현할 수 없는 달콤한 향기를 남기고 그녀는 갔다. 데이비드는 꿈꾸는 듯한 기분으로 층계를 올라갔다. 하지만 꿈을 깨어도 그 미소와 향기는 언제까지나 그를 따라다니며 시간이 흘러도 좀처럼 사라지지 않을 것만 같았다.

처음 만난 아름다운 부인은 그의 마음을 뜨겁게 만들어 그로 하여금 그녀의 아름다운 눈동자를 찬미하는 서정시를, 한눈에 반한 사랑의 상송을, 아름다운 곱슬머리를 노래한 오드를, 날씬한 다리에 신은 하이힐을 찬미하는 소네트를 쓰게 하였다.

그는 역시 시인이었나 보다.

이본에 대해서는 까맣게 잊어버리고 처음 만난 이더 없이 아름다운 아가씨의 순진함과 우아함에 마음이 사로잡혀 버렸기 때문이다. 그녀에게서 풍겨 오는 아련한 향기는 그의 마음을 야릇한 감동으로 가득 채웠다.

어느 날 밤, 그 건물의 3층에 있는 한 집에서 세 남녀가 테이블에 둘러앉아 있었다. 다리가 셋 달린 의자와 테이블 하나와 그 위에 꽂아 놓은 촛불 외에는 집 안에 가구는 아무것도 없었다.

가운데 앉은 사람은 검은 옷을 입은 육중한 체구의 남자였다. 그의 표정은 사람을 비웃는 것처럼 교만했으며 위로 바싹 치켜 올라간 코밑수염의 끝이 사람을 우롱하는 듯이 눈까지 닿을 것만 같았다.

또 한 사람은 젊고 아름다운 부인으로 그 눈은 때로는 어린아이처럼 귀엽고 천진스러우며 때로는 집시처럼 가늘고 길며 약삭빠르기도 했지만, 지금은 다른 공모자들의 눈과 마찬가지로 날카롭고 야망에 불타 있었다.

세 번째 사람은 활동가나 아니면 투사라고나 할까, 대담하고 성급한 행동파이며 불길 같은 기염을 토하고 있었다. 다른 사람들은 이 사람을 데롤 대위라고 불렀다.

데롤 대위는 주먹을 쥐어 탕 하고 테이블을 치며 끓어오르는 감정을 누르고 말했다.

"오늘 밤입니다! 오늘 밤에 그는 자정미사에 갑니다. 바로 그 때입니다. 아무 결과도 얻지 못하는 계획은 이제 지겹습니다. 신호다, 암호다, 비밀회의다 하는 그런 잠꼬대 같은 소리는 이제 넌더리가 납니다. 정면으로 당당하게 모반자가 되자는 말이죠!

만일 프랑스가 그를 버려야 한다면 계략이나 올가미로 얽지 말고 공공연하게 죽여야 합니다. 거듭 말합니다. 오늘 밤입니다. 나는 내가 한 말은 반드시 실천합니다. 그가 자정미사에 갈 때 말입니다!"

부인은 그에게 신뢰의 시선을 보냈다. 여자란 음모에 가담하면서도 늘 이런 무모한 용기를 높이 사는 것이다. 큰 체구의 남자는 바짝 치켜 올라간 콧수염을 매만졌다.

"대위."

기교와 습관에 익숙해져 부드럽지만 큰 목소리로 큰 체구의 남자가 말했다.

"이번에는 나도 대위와 같은 의견이오. 심심풀이로 기회를 엿본다고 해 보았자 얻는 것은 아무것도 없소. 일을 무사히 성사시키기에 충분한 궁전 호위병이 바로 우리 편이오."

"오늘 밤입니다!"

데롤 대위는 다시 한 번 테이블을 쳤다.

"후작님, 방금도 말씀드렸듯이 나는 반드시 실천에 옮기겠습니다."

"그러나."

큰 체구의 남자는 온화하게 말했다.

"한 가지 문제가 있소. 궁전에 있는 동지에게 지령을 보내야 하고 신호를 내통해 둘 필요가 있소. 또 가장 신뢰할 수 있는 동지로 하여금 국왕의 마차를 수행하게 해야 하오. 그렇지만 이 시간에 밀사를 남문 깊숙한 곳까지 보낼 수 있겠소? 남문에는 동지인 리브가 자리를 차지하고 있으니 그에게 비밀지령만 보낼 수 있다면 모든 일이 순조롭게 될 것 같은데……."

"내가 그 비밀지령을 전하도록 하죠."

부인이 말했다.

"당신의 충성에는 늘 감탄하지만, 그러나……."

"제 말을 들어 보세요!"

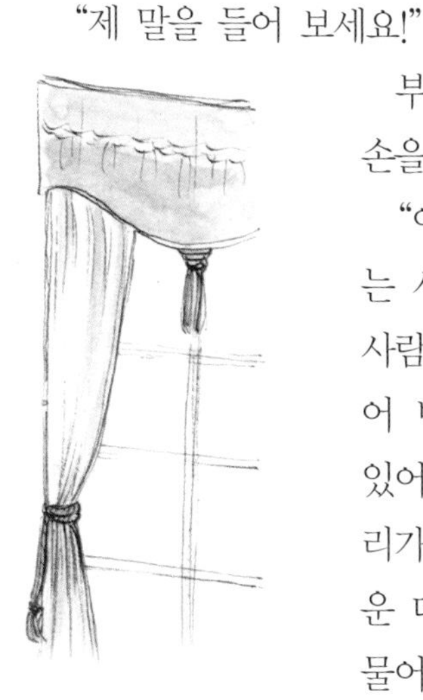

부인은 일어서서 테이블에 두 손을 짚고 말했다.

"이 건물의 지붕 밑 다락방에는 시골에서 올라 온 청년이 한 사람 삽니다. 저는 층계에서 두어 번 그 사람과 마주친 일이 있어요. 혹시라도 그 사람이 우리가 늘 회합하는 이 방의 가까운 데에 살지 않나 걱정이 되어 물어본 적이 있지요. 그가 시골에서 기르던 양처럼 정직하고 순진한 청년입니다. 그 청년이라면 제 생각대로 움직일 수 있어요. 다락방에서 시를 쓰고 있다는데 아무래도 저한테 호감을 가지고 있는 것 같아요. 제가 부탁하면 무슨 일이든 들어주리라 믿어요. 궁전에 전할 비밀지령을 그 사람한테 부탁하면 어떨까요?"

후작은 의자에서 일어나 머리를 숙였다.

"백작부인, 아까 부인께서는 내 말을 끝까지 듣지 못하셨지만……."

그는 말했다.

"실은 이렇게 말씀드리려고 했었습니다. '부인의 충성에 감탄하지만 더욱 감탄하는 것은 부인의 기지와 아름다운 모습입니다.' 라고요."

모반자들이 이렇게 밀회를 하고 있을 때 데이비드는 '층계의 여인' 에게 바칠 몇 행의 시를 퇴고하고 있었다.

그때 조심스럽게 방문을 노크하는 소리가 나서 놀란 마음으로 문을 열었다. 그리고 문 앞에서 사랑스러우며 마음속으로 그리워하던 여인이 어린애처럼 천진스러운 눈을 크게 뜨고 곤혹스러운 듯이 숨을 몰아쉬고 있는 것을 보았다.

"고민 끝에 이렇게 찾아뵙게 되었습니다."

부인은 속삭이듯이 말했다.

"선생님께서는 친절하고 성실한 분이리라 믿고 남에게 따로 부탁할 사람도 없고 해서 남자들이 활보하는 거리를 달려왔어요. 실은 어머니가 곧 돌아가실 것 같아요. 숙부께서 왕궁의 근위병 대장으로 계셔서 모셔오려는데 누군가 마중을 가야 하거든요. 혹시 부탁드릴 수 있을까요……."

"아가씨."

그녀에게 힘이 되어 주고 싶다는 소망에 데이비드는 눈을 반짝이면서 상대방의 말을 가로막았다.

"원하신다면 제가 기꺼이 심부름을 해 드리겠습니다. 숙부님한테 가는 방법을 가르쳐 주십시오."

부인은 봉함 편지를 그의 손에 건네주었다.

"왕궁의 남문으로 가셔서 그곳 경비병한테 말씀하세요. '매가 둥지를 떴다' 고요. 그러면 선생님을 지나가게 해 줄 거예요. 그런 다음 궁전의 남쪽 출입문으로 가세요. 그리고 아까 그 말씀을 다시 한 번 하세요. 그러면 '매가 원할 때 습격하라' 고 대답한 남자에게 이 편지를 주세요. 이것이 숙부께서 은밀하게 가르쳐 주신 암호예요. 지

금은 나라 안이 온통 혼란스럽고 국왕의 생명을 노리는 음모를 꾸미는 자들이 있어서, 이 암호를 모르면 아무도 궁전 문을 들어갈 수가 없어요.

만일 심부름을 해 주시려고 생각하신다면 어머니가 눈을 감으시기 전에 숙부님을 만날 수 있게 편지를 꼭 전해 주세요."

"편지를 반드시 전하겠습니다."

데이비드는 성의껏 말하였다.

"그건 그렇고, 이처럼 밤늦은 시간에 아가씨를 혼자서 돌아가게 한다는 건 좀 위험한 일입니다. 나는……."

"아니, 아니. 그건 염려하지 마세요. 그보다는 어서 출발해 주세요. 지금은 일분일초가 보석처럼 귀합니다. 아무튼 나중에……."

그녀는 집시처럼 가늘고 길어 약삭빠르게 보이는 눈으로 말했다.

"선생님의 친절에 보답할 때가 있을 거예요."

시인은 편지를 품속에 넣고 날듯이 층계를 달려 내려갔다.

그가 가자 부인은 두 사람이 기다리고 있는 아래층 방으로 돌아왔다. 후작의 눈썹이 그녀에게 결과를 묻고 있었다.

"갔습니다."

그녀가 말했다.

"그가 기르던 양처럼 순한 그 젊은이는 편지를 전하려고 달려갔어요."

테이블이 데롤 대위의 주먹에 얻어맞고 또다시 심하게 흔들렸다.

"아차!"

대위가 외쳤다.

"권총을 잊고 안 가져왔군요. 나는 다른 무기는 믿을 수가 없는데……."

"이걸 가지고 가게."

후작이 말하며 망토 안에서 은으로 장식되어 번쩍번쩍 빛나는 대형 권총을 꺼냈다.

"이것보다 확실한 건 없네. 하지만 부디 조심하기 바라네. 그 권총에는 우리 가문의 문장이 새겨져 있는데다가 나는 이미 혐의를 받고 있는 몸이니까. 나는 오늘 밤 파리에서 멀리 떠나 있을 필요가 있겠어. 그리고 내일은 성으로 되돌아가야 해. 자, 그럼 같이 가실까요? 백작부인."

후작은 입으로 바람을 일으켜 촛불을 껐다. 망토를 둘러쓴 부인과 두 신사는 살며시 층계를 내려가 컨치가의 좁은 인도를 오가는 혼잡한 사람들 속으로 빨려 들어갔다.

데이비드는 길을 서둘렀다. 왕궁 남문에서 보초가 가슴에 창을 들이댔으나 '매가 둥지를 떴다' 고 말하자 그 창끝을 비켜갈 수 있었다.

"가시오, 형제."

보초가 말했다.

"서둘러 가는 게 좋소."

궁전 남쪽 층계까지 가자 파수 보는 위병이 뛰쳐나와 그를 붙잡았다. 그러나 여기서도 암호가 위병에게 주술을 걸었다. 그중 한 사람이 나와서 '매가 원할 때에…….' 하고 데이비드에게 말을 걸었다.

그런데 바로 그때 어떤 변화로 인해 위병들 사이에 동요가 일었다. 눈매가 날카롭고 남자답게 생긴 한 사나이가 위병들을 밀어제치고 성큼성큼 걸어오더니, 데이비드가 위병에게 전해 주기 위해 품속에서 꺼냈던 편지를 낚아채듯이 빼앗아 버렸던 것이다.

"날 따라와!"

하더니 그 사나이는 데이비드를 넓은 방으로 끌고 들어갔다. 그런 다음 봉투를 뜯어 편지를 읽었다. 그리고 때마침 앞을 지나던 마스켓 총부대의 장교를 불렀다.

"테트로 대위, 남쪽 출입문하고 남문 위병을 체포해서 감금하게! 그리고 확실히 믿을 수 있는 부하로 교대시키게."

그러더니 데이비드를 보고,
"따라와!"
하고 명령했다.
그는 복도와 대기실을 지나 데이비드를 크고 넓은 방으로 데려갔다.

그곳에는 침울한 표정의 검은 옷을 입은 남자가 크고 좋은 가죽 의자에 앉아 생각에 잠겨 있었다. 그 남자를 보고 데이비드를 데려온 그가 말했다.
"폐하! 전에 제가 말씀드렸듯이 이 궁전은 온통 스파이와 모반자의 소굴입니다! 도랑에 쥐가 득실거리는 것과 같사옵니다. 폐하께서는 그것을 저의 망상이라고 생각하십니다만 이 사람은 그런 한패와 짜고 폐하의 방 근처까지 이렇게 잠입해 왔습니다. 이 녀석이 가지고 온 편지를 제가 빼앗아 두었습니다. 이 녀석을 여기에 끌고 온 것도 폐하께서 기우에 불과하다고 여기지 않도록 하기 위함이옵니다."
"내가 심문해 보도록 하지."
하더니 국왕은 의자 안에서 몸을 움직였다. 그리고 막으로 덮인 흐릿한 눈으로 데이비드를 보았다. 데이비드는 한쪽 무릎을 꿇었다.
"어디서 왔느냐?"
국왕이 물었다.
"유르에루아르 현 베르누아에서 왔습니다."
"파리에서는 무엇을 하고 있었지?"
"저……, 저는 시에 뜻을 두고 있습니다, 폐하."
"베르누아에서는 무엇을 하고 있었는고?"
"아버지의 양을 치고 있었사옵니다."
국왕은 다시 몸을 움직였다. 그러자 흐릿한 막이 그 눈에서 걷혔다.
"옳아, 들에서 말인가?"
"그렇습니다, 폐하."
"그곳에서는 들에서 살았단 말이지? 아침에 시원할 때 나가 초원의 산울타리 아래에서 뒹굴고, 양들은 산허리에 흩어져 있었겠지? 그곳에선 흐르는 개울물을 마시고 나무 그늘에 앉아 노릇노릇하게 구워진 맛있는 빵을 먹고, 숲속에서 지저귀는 개똥지빠귀 소리에 귀를 기울였을 것이다. 어때, 양치기. 내 말이 맞지?"
"네, 그렇습니다. 폐하."
데이비드는 깊은 한숨을 내쉬면서 대답했다.
"게다가 꽃을 따라 무리지어 날아다니는 꿀벌의 윙윙거리는 소리에도, 언덕 위에서 포도 따는 사람들의

노랫소리에도 귀를 기울이옵니다."

"옳지, 그렇겠지."

국왕은 안타까운 듯이 물었다.

"아마, 그런 소리도 들었겠지. 그런데 개똥지빠귀 우는 소리는 틀림없이 들었느냐? 개똥지빠귀는 숲속에서 지저귀는가?"

"유르에루아르 현만큼 개똥지빠귀가 아름답게 우는 곳은 없습니다. 저는 제가 쓴 몇 편의 시에서 개똥지빠귀 울음소리를 표현하려고 무척 애썼습니다."

"그 시를 읊어 봐라!"

국왕은 진지하게 말했다.

"아주 옛날 일이지만 나도 개똥지빠귀 울음소리를 들은 적이 있느니라. 만일 개똥지빠귀의 노래를 인간의 언어로 정확히 표현할 수만 있다면 한 나라를 지배하는 것보다도 더 멋진 일일 것이다. 그곳은 밤이 되면 양을 우리 안에 가둔 다음에 조용하고 평화롭게 즐거운 식탁을 마주하겠지. 자, 그 시를 읊어 다오."

"그것은 이런 시이옵니다."

데이비드는 공손하게 마음을 가다듬고 읊었다.

게으름뱅이 양치기는
보라, 너의 새끼 양을
목장에서 기뻐 어쩔 줄 모르며

뛰놀지 않느냐
보라, 산들바람에 흔들리는 전나무를
들어라, 목양신이 부는 갈잎 피리를
들어라, 우듬지에서 불러 대는
우리의 노랫소리를
보라, 양이 등에서 춤추듯이
내려앉는 우리를
나뭇가지 사이에 포근한 둥지를
지으려는데
양털을 선물하지는 않겠지

"죄송하오나, 폐하!"

거친 목소리가 시 낭송을 가로막았다.

"이 풋내기 시인의 심문은 저에게 맡겨 주십시오. 지금은 촌각을 다투는 위급한 때입니다. 폐하의 안녕을 바라는 제 충정을 부디 헤아려 주시옵소서."

"드마르 공작의 충성은."

국왕은 말했다.

"익히 알고 있느니라. 걱정할 것 없다."

국왕은 의자에 몸을 깊숙이 묻었다. 흐릿한 막이 다시 눈을 가렸다.

"먼저."

드마르 공작이 말했다.

"이 녀석이 가져온 편지를 읽어 드리겠습니다."

오늘 밤은 황태자의 기일이다. 만일 그가 관례에 따라 황태자의 영전에 기도를 바치기 위해 자정미사에 갈 때, 매는 에스플라나드 가 모퉁이에서 그를 습격할 것이다. 그의 의향이 위와 같다면 매의 주의를 끌기 위해 왕궁 남서쪽 구석 이층에 빨간 등불을 켤 것.

"이놈, 농부!"
공작은 날카롭게 말했다.
"편지 내용은 지금 네가 들은 바와 같다. 누가 이 편지를 너한테 주어 보냈지?"
"공작님."
데이비드는 진심으로 말했다.
"말씀드리겠습니다. 실은 어느 귀부인이 주셨습니다. 그 부인의 어머님이 병이 나셔서 이 편지를 왕궁에 있는 숙부님께 전하여 오시게 해 달라고 하셨습니다. 저는 이 편지의 내용에 대해서는 아무것도 모릅니다. 그러나 그 부인이 아름답고 선량한 분이라는 것은 맹세해도 좋습니다."
"그 부인에 대해 자세히 말씀드려라!"
공작은 명령했다.
"그리고 왜 네가 그 여자의 앞잡이가 되었는지도."
"그 부인에 대해 말씀하라는 분부이십니까?"
데이비드는 상냥하게 웃으며 말했다.
"그것은 기적을 행하라는 명령이나 다름없습니다. 그렇습니다. 그 부인은 햇빛과 짙은 그림자로 이루어져 있습니다. 오리나무처럼 날씬하고 행동거지 또한 오리나무처럼 우아합니다. 부인의 눈은 보고 있는 사이에도 변화를 일으켜, 방금 귀엽게 뜨고 있다가도 다음 순간 구름 사이로 들여다보이는 햇빛처럼 반쯤

감겨 있습니다. 그 부인이 모습을 나타내면 주변이 천국으로 변했다가도 지나간 뒤에는 모든 것이 공허해지고 산사나무 꽃향기만이 남을 따름입니다. 그런 부인이 컨치 가 이십구 번지의 제 집에 오셨습니다."

"그 집이 바로!"

공작은 국왕을 바라보면서 말했다.

"저희가 점찍어 두었던 집이옵니다. 이 시인의 설명으로 악명 높은 케브도 백작부인의 존재가 이제야 분명해졌습니다."

"폐하, 그리고 공작님."

데이비드는 진지하게 말했다.

"미흡한 제 말이 그 부인의 모습을 제대로 전했다면 다행스러운 일입니다만……. 저는 부인의 진실한 눈을 보았습니다. 편지가 왜 그런 내용의 것인지는 몰라도 그 부인은 천사가 틀림없습니다. 저는 목숨을 걸고 맹세합니다."

공작은 물끄러미 그를 바라보았다.

"그렇다면 그게 사실인지 아닌지 시험해 보자."

공작은 그에게 천천히 말했다.

"너는 폐하와 같은 복장을 하고 폐하의 마차를 타고 자정미사에 가는 것이다. 어때, 해 보지 않겠나?"

데이비드는 웃었다.

"저는 그 부인의 눈을 이 눈으로 똑똑히 보았습니

다. 그리고 그녀의 눈동자 속에서 진실을 보았습니다. 원하신다면 시험해 보십시오."

밤 열두 시의 삼십 분 전 드마르 공작은 편지 내용에 따라 스스로 왕궁 남서쪽 창문에 빨간 등불을 걸었다.

자정의 십 분 전에 데이비드는 머리끝에서 발끝까지 국왕의 복장으로 휘감고 망토로 얼굴을 가리고는 공작의 팔에 의지하여 조용히 국왕의 방을 나와 기다리고 있는 마차로 걸어갔다. 공작은 그를 도와 마차에 태우고 문을 닫았다. 마차는 대성당으로 가는 길을 질주했다.

테트로 대위는 이십여 명의 부하를 이끌고, 에스플라나드 가의 길모퉁이에서 모반자들이 나오기만 하면 당장 덮칠 준비를 하고 잠복해 있었다.

그런데 웬일인지 모반자들은 당초의 계획을 약간

변경한 것 같았다. 국왕의 마차가 에스플라나드 가에 못 미친 한 구획쯤 전의 크리스토퍼 가에 다다랐을 때, 별안간 스스로 '시해자'라고 외치며 한 무리를 이끈 데롤 대위가 뛰쳐나와 마차를 덮쳤다.

예상했던 것보다 조금 이른 습격에 당황하면서도 국왕 호위병들은 조금도 망설이지 않고 마차에서 뛰어내려 용감하게 싸웠다. 이 소동이 테트로 대위의 부대에 전해지자 국왕 쪽의 원병들도 즉시 구원하러 달려왔다. 거리에는 고함소리와 칼 부딪치는 소리가 울려 퍼지고 말은 놀라서 마구 달아나 버렸다.

그러나 이런 틈바구니에서도 데롤 대위는 필사적으로 국왕의 마차 문을 때려 부수고 마차 안에 있던 검은 그림자에게 권총을 쏘았다.

마차 좌석 위에는 가련하게도 보페르튜이 후작의 권총 탄환에 사살된 가짜 국왕, 즉 시인의 시체가 쓰러져 있었다.

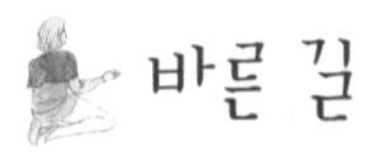

바른 길

그리고 길은 9마일쯤 뻗어 가다가 근심의 벽에 마주친다. 길은 또 한 가닥의 더 넓은 길과 직각으로 마주친다. 데이비드는 잠시 망설이다가 이윽고 길가에 앉아서 쉬었다.

그 길들이 어디로 통하고 있는지 그는 알지 못했다. 어느 길을 가나 기회와 위험이 널려 있는 드넓은 세계가 있을 것 같은 생각이 들었다.

길가에 앉아서 쉬는 동안 그는 이본과 함께 두 사람의 별이라고 이름 붙였던 밝은 별을 찾아냈다. 그 별은 그로 하여금 이본을 떠오르게 했다. 그리고 자신이 너무 경솔했었다고 후회하게 했다. 두 사람이 서로 몇 마디 심한 말을 주고받았다고 해서 그녀를 버리고 제 집을 뛰쳐나와야 할 까닭이 어디에 있는가? 사랑이란 사랑의 증거임이 분명한 질투 때문에 깨질 만큼 약한 것일까?

아침은 밤에 입은 가슴속의 작은 상처를 치유해 주는 법이다. 편안히 잠든 베르누아 마을의 누구도 알아차리지 못하게 집에 돌아갈 셈이라면 시간은 아직 충분하다. 그의 마음은 이미 이본의 것이며 오랜 세월을 살아온 그곳이야말로 자신이 시를 쓰고 행복을 발견할 수 있는 곳이다.

데이비드는 벌떡 일어섰다. 그리고 그때까지의 불

만과 그를 부추겼던 광기 어린 감정을 털어 냈다. 그는 주저하지 않고 오던 길을 되돌아가기로 방향을 잡았다. 다시 베르누아에 도착했을 무렵에는 방랑에 대한 동경이 이미 사라져 버린 뒤였다.

데이비드는 양들의 우리 곁을 지나갔다. 양들은 여느 때보다도 늦게 돌아온 그의 발소리를 듣고 요란스럽게 몰려들었다. 그리웠던 양들의 울음소리가 그의 마음을 달래 주었다.

그는 소리가 나지 않게 살며시 자기 방으로 들어가 누웠다. 그날 밤, 미지의 길에 발을 들여놓았다가 고생하지 않고 끝난 것을 스스로 축복했다.

그는 정말 여자의 마음을 잘 이해하고 있었다!

이튿날 저녁, 사제의 일을 도와주던 젊은이들이 모여 있는 샘터에 이본도 나와 있었다. 그녀는 변명할 필요도 없다는 듯이 입을 꼭 다물고 있었지만 눈으로는 데이비드의 모습을 찾고 있었다.

데이비드는 자신을 찾는 그녀의 표정을 알아보았고 그녀의 꼭 다문 입술 따위는 이미 문제삼지도 않았다. 그리고 마침내 어제 그 입에서 나온 심한 말들을 깨끗이 지워 버렸을 뿐 아니라 일을 끝내고 함께 집으로 돌아오는 길에는 입을 맞추기까지 했던 것이다.

두 사람이 결혼한 것은 몇 개월 뒤였다. 데이비드의 아버지는 현명했을 뿐 아니라 재산가이기도 했다.

그는 두 사람을 위해 사방 9마일까지 소문이 날 만큼 성대한 결혼식을 치러 주었다. 젊은 신랑과 신부는 마을의 인기를 독차지했다. 축하 행렬이 거리를 누비고 푸른 초원에서는 춤판이 벌어졌다. 또 드루에서 꼭두각시놀음과 곡예사를 불러다가 축하객들을 환영했다.

그로부터 1년 뒤에 데이비드의 아버지는 세상을 떠나고 말았다. 양들과 집은 데이비드에게 상속되었으며 마을에서 제일 아름다운 아내와 살고 있었다.

이본의 우유통과 놋 냄비는 늘 깨끗이 닦여 반짝반짝 빛나, 당연한 이야기지만 햇빛이 비칠 때에 그 곁을 지나면 누구나 눈이 부실 정도였다. 하지만 눈을 똑바로 뜨고 꼭 봐야 할 것은 그녀의 정원이었다. 시력이 나쁜 사람도 눈에 확 뜨일 만큼 그녀의 화단은 너무나도 깔끔하고 화려했다. 게다가 그녀의 노랫소리는 멀리, 저 멀리 그렇다, 그루노 노인의 대장간 위에 우뚝 솟아오른 두 그루의 밤나무 근처까지 들릴 정도였다.

그러던 어느 날, 오랫동안 거들떠보지도 않던 책상 서랍을 열어 종이를 꺼내 놓고는 연필 끝을 씹는 날이 데이비드에게 또다시 찾아왔다. 봄이 찾아와 그의 마음을 뒤흔들어 놓기 시작했던 것이다.

그는 역시 시인이었다. 파릇파릇한 대지의 신선한 아름다움은 그의 마음을 완전히 사로잡았다. 숲이나 목장에서 풍겨 오는 향긋한 냄새는 야릇한 그의 기분을 흔들어 놓았다.

여태까지는 날마다 아침에 양들을 몰고 나갔다가 밤이 되면 안전하게 양들을 데리고 돌아왔다. 그런데 지금의 그는 산울타리 밑에 누워 종이 위에 낱말들을 엮느라 여념이 없었다.

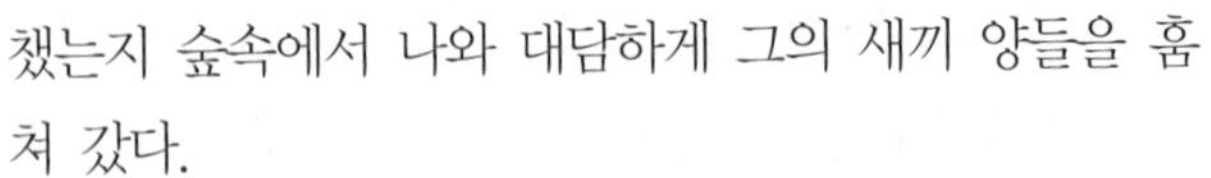

양떼는 제멋대로 자유롭게 헤매고 다녔다. 그러자 이리들은 그가 시를 짓느라 정신이 팔려 있을 때는 양들을 손쉽게 잡아갈 수 있다는 것을 알아챘는지 숲속에서 나와 대담하게 그의 새끼 양들을 훔쳐 갔다.

데이비드의 시는 날이 갈수록 늘어났지만 양의 수는 그와 반대로 줄어들었다.

이렇게 되자 이본의 콧날과 감정이 차츰 날카로워지더니 말투가 퉁명스러워지고 그녀의 냄비와 정원은 빛을 잃어 갔으며 대신에 눈매는 날카로운 빛을 띠기 시작했다. 그녀는 그가 게으름을 피우기 때문에 양이 줄어들고 살림살이가 점점 어려워지고 있다고 시인에게 거듭 일깨워 주었다.

데이비드는 양을 지킬 소년을 한 사람 고용하고 자신은 작은 다락방에 틀어박혀 부지런히 시를 썼다. 새로 고용한 양치기 소년도 타고난 시인이었으나 종이 위에 시심을 털어놓을 줄은 모르니 그저 앉아서 졸기만 했다. 이리들은 일찌감치 시 쓰기와 졸음은 별로 다를 게 없다는 것을 알아차린 터라 양의 수는 계속해서 줄어들기만 했다.

양의 수가 줄어드는 만큼 이본의 불만도 점점 커졌다. 때로는 정원에 서서 높다란 창문 너머로 그를 욕하는 일도 있었다. 그 목소리가 어찌나 큰지 그루노 노인의 대장간 위에 솟아오른 두 그루의 밤나무 근처까지 들렸다.

친절하고 어질며 남을 잘 도와주는 늙은 공증인 파피노 씨는 자신의 코앞에 있는 것은 어떤 냄새든 잘 맡으므로 이 부부 사이에 일어나는 일도 금세 눈치를 챘다.

노인은 데이비드에게 가서 한 줌의 코담배 냄새를 맡으며 용기를 내어 말했다.

"미뇨 군, 나는 자네 아버지의 결혼증명서에 도장

을 찍었었다네. 그의 아들인 자네가 파산을 신청하는 서류에 도장을 찍어야 한다면 그 슬픔은 정말 견디기 어려울 것 같군. 하지만 자네가 그렇게 될 날도 멀지 않은 것 같으니 이게 웬일인가? 나는 지금 자네 아버지의 옛 친구로서 얘기하고 있으니 내가 하는 말을 잘 듣게나.

내가 보기에 자네는 시를 쓰느라 정신이 팔려 있는 것 같네. 드루에는 내 친구 조르주 브릴이라는 사람이 있는데 집 안이 온통 책으로 가득 둘러싸여 있는 그런 곳에서 살고 있지. 학문이 대단한 사람이라 해마다 꼭 파리에 다니러 가고 저서도 몇 권이 있다네. 로마의 지하묘지는 언제쯤 만들어졌고, 별의 이름은 어떻게 지어졌으며, 물떼새 부리는 왜 긴가 하는 것까지 무엇이든지 모르는 것이 없지. 자네가 양의 울음소리에 훤하듯이 그는 모든 사물의 의미나 형식에 통달하고 있네.

내가 그 친구한테 소개장을 써 줄 테니 자네가 지은 시를 가지고 가서 그 친구한테 보이는 게 어떤가? 그러면 앞으로도 계속 시를 쓰는 게 좋을지, 아니면 아내나 목장 일에 힘을 쏟는 게 나을지 자네는 분명하게 알 수 있을 거네."

"소개장을 써 주십시오."

데이비드는 말했다.

"좀더 빨리 말씀해 주셨더라면 좋았을 텐데."

이튿날 아침 해가 뜰 무렵, 그는 소중한 한 뭉치의 시 원고를 겨드랑이에 끼고 드루로 가는 길을 향해 걷고 있었다. 그리고 정오에 브릴 씨네 현관에서 신발의 먼지를 털어냈다.

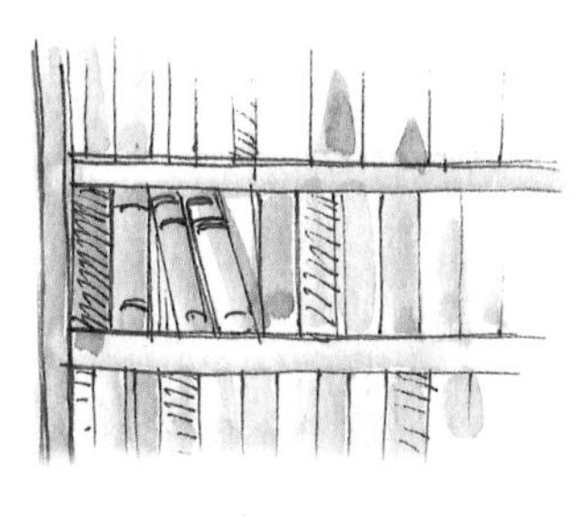

그 박학한 인물은 친구 파피노 노인의 편지를 보고 반짝반짝 빛나는 안경 너머로 햇빛이 물을 빨아들이듯이 편지의 내용을 빨아들였다. 그런 다음, 데이비드를 그의 서재로 안내하고 엄청난 서적의 물결이 밀려오는 작은 섬 위에 앉게 했다.

브릴 씨는 양심이 있는 인물이었다. 손가락의 길이만큼이나 두껍고, 도저히 방법이 없을 정도로 잘못 묶은 데이비드의 원고 다발도 전혀 개의치 않았다. 그는 잘못 묶은 원고를 무릎 위에 얹어놓고 잘 펼쳐가면서 읽기 시작했다. 그는 글자 한 자, 글 한 구절을 소홀히 하지 않았다. 벌레가 알맹이를 찾아 나무열매를 먹어 들어가듯이 수많은 시어(詩語) 가운데를 헤치며 들어갔다.

그러는 동안 데이비드는 산더미처럼 쌓인 서적들

속에서 벌벌 떨며 외로운 고도에 앉아 있었다. 바다 소리가 귓전을 울렸다. 더구나 그는 그 바다를 향해 할 해도도 없고 나침반도 없었다. 이 엄청난 서적들을 보니 세상 사람들의 절반은 책을 쓰고 있는 게 틀림없다고 생각될 정도였다.

브릴 씨는 원고의 마지막 페이지까지 다 읽었다. 이윽고 그는 안경을 벗어 손수건으로 닦았다.

"내 친구 파피노는 건강한가요?"

"아주 건강하십니다."

데이비드는 대답했다.

"미뇨 씨, 선생은 양을 몇 마리나 치고 있나요?"

"어제 세어 보니까 삼백아홉 마리였습니다. 제 양들은 불운이 잇따라서 팔백오십 마리였던 게 지금은 그처럼 줄어들었습니다."

"선생은 부인도 있고 집도 있어 편안하게 살아왔습니다. 목장 일은 선생에게 많은 수입을 안겨 주었습니다. 선생은 양떼를 몰고 들에 나가 신선한 공기를 마시고 아무런 부족함이 없이 맛있는 빵을 먹으며 생활하였지요. 선생은 숲에 사는 개똥지빠귀 노래소리를 들으면서 자연의 품안에 안겨 그저 양치기나 하며 살았더라면 좋았을 겁니다. 여기까지는 내 말이 맞나요?"

"말씀하신 대로입니다."

데이비드는 대답했다.

"선생의 시는 전부 잘 읽어 보았습니다."

브릴 씨는 말했다. 그의 눈은 하나의 돛을 찾아 수평선을 주의 깊게 응시하는 것처럼 서적들의 바다를 둘러보았다.

"저 창문 쪽을 보세요. 미뇨 씨. 저 나무에 무엇이 보이나요?"

"까마귀 한 마리가 보입니다."

데이비드는 그쪽을 보면서 대답했다.

"자칫 의무를 회피하고 싶을 때."

브릴 씨는 말을 이었다.

"나에게 용기를 불어넣어 주는 새지요. 저 새를 압니까, 미뇨 씨? 저 새는 하늘의 철학자입니다. 저 새는 자신의 운명에 순종하기 때문에 행복합니다. 변덕스러운 눈과 익살스런 날갯짓을 하는 저 새만큼 즐거워 보이고 배불리 먹는 새도 없을 겁니다. 들판은 그가 원하는 모든 것을 제공하지요. 그는 자신의 깃털이 꾀꼬리처럼 화려하지 못한 걸 절대 슬퍼하지 않아요. 미뇨 씨, 선생은 자연이 그에게 준 새소리를 들은 적이 있겠죠. 선생은 새소리가 아름다운 나이팅게

일이 저 새보다도 조금이나마 더 행복하다고 생각하나요?"

데이비드는 일어섰다. 까마귀가 나무 위에서 목쉰 소리로 울었다.

"고맙습니다, 브릴 씨."

데이비드는 천천히 그에게 물었다.

"그럼, 제 노래 속에는 나이팅게일의 울음소리는 하나도 없다는 말씀이십니까?"

"있었다면 내가 놓칠 리가 없지요."

브릴 씨는 깊은 한숨을 내쉬면서 말했다.

"나는 한 구절도 놓치지 않고 읽었어요. 선생은 시처럼 생활하세요, 미뇨 씨. 그리고 시를 쓰는 일은 이제 그만두시오."

"고맙습니다."

데이비드는 브릴 씨에게 인사를 했다.

"그럼, 저는 양들한테 돌아가기로 하겠습니다."

"혹시 나와 함께 식사를 하면서 이 상처를 잊고 싶다면……."

친절한 이 독서가는 말했다.

"그 이유를 자세히 설명해 주지요."

"아닙니다."

시인은 사양했다.

"저는 양치기를 하러 들로 돌아가야 합니다."

그는 시 원고를 겨드랑이에 끼고 베르누아로 돌아가는 길을 터벅터벅 걸어갔다.

마을에 다다랐을 때 차이글러라는 사람의 가게에 들렀다. 이 남자는 아르메니아 출신의 유대인으로 손에 들어오는 물건은 무엇이나 팔았다.

"여!"

데이비드가 그를 불렀다.

"숲속에서 이리들이 나와 언덕에 있는 우리 양들을 잡아가니 곤란한데. 양을 지키려면 총이 한 자루 있어야겠는데 좋은 게 있나?"

"오늘은 나한테 지독하게 재수가 없는 날이야, 미뇨."

차이글러는 두 손을 펴면서 말했다.

"정말 제값의 1할도 안 되는 헐값으로 이 멋진 총을 자네한테 팔아야 하다니 말이야. 바로 지난주에 왕실 어용상인의 경매에서 낙찰 받은 행상인한테서 마차 한 대 분을 몽땅 샀지. 경매된 물건들은 어느 성에 있던 것인데 그 성의 높은 나리의 물건들이었어. 그 나리의 이름은 잘 모르지만 아마도 왕에 대한 반역죄로 추방당했다지.

그 경매된 물건 가운데에 훌륭한 고급 총이 몇 자루 있었지. 이 권총은 어때? 왕자가 쓰기에 딱 어울리는 물건이군!

자네니까 사십 프랑만 내고 가져가게, 미뇨. 그 값에 팔면 십 프랑쯤 손해지만 말이야. 하지만 자네한테는 차라리 화승총이……."

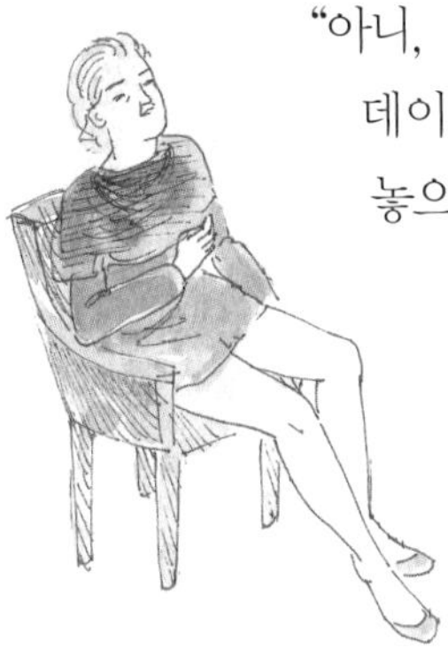

"아니, 이게 좋겠어."

데이비드는 돈을 계산대 위에 쏟아 놓으면서 물었다.

"실탄은 들어 있나?"

차이글러는 웃으며 대답했다.

"나머지 십 프랑을 선심 쓴다면 예비화약하고 실탄까지 다 주겠네."

데이비드는 웃옷 안에 권총을 숨기고 집으로 돌아왔다.

이본은 집에 없었다. 요즘 그녀는 곧잘 이웃들을 만나러 돌아다니는 일이 많아졌다.

하지만 부엌의 난로에는 불이 타고 있었다. 데이비드는 난로 뚜껑을 열고 석탄 위에 시 원고뭉치를 내던졌다. 시 원고가 타오를 때 굴뚝 속에서 새가 노래하는 것 같은 목쉰 소리가 들렸다.

"까마귀의 노래로군!"

시인은 말했다.

그는 다락방으로 올라가 문을 잠갔다.

워낙 조용한 마을이라 많은 사람들이 대형 권총의 굉음을 들었다. 마을 사람들은 권총 소리가 난 시인의 집으로 모여들었다. 굴뚝에 연기가 피어오르는 걸 확인하고 다락방 층계로 뛰어올라갔다.

남자들은 시인의 시체를 침대 위에 뉘었다. 그리고 가련한 까마귀의 상처 입은 깃털을 위하여 서툰 솜씨로 침대를 정돈했다. 여자들은 그를 동정하면서 호들갑을 떨었으며 여자들 가운데 한 사람이 이 사실을 이본에게 알리려고 달려 나갔다.

곧장 달려온 사람 가운데에는 코로 냄새를 맡고 찾아온 파피노 노인이 있었다. 노인은 그의 죽음에 대한 비탄과 함께 물건들을 감정하던 습관대로 권총을 집어들어 섬세한 은세공을 살피며 말하였다.

"이 권총의 문장은."

그는 곁에 있는 사제에게 조용히 설명했다.

"드 보페르튜이 후작 각하의 문장이로군요."

잘 손질된 램프

물론 이 문제에는 두 가지 측면이 있다. 그중에 한 면을 생각해 보기로 하자. 우리는 '숍걸'이라는 말을 자주 한다. 그러나 그런 인종이 따로 있는 것은 아니라 숍(가게)에서 일하는 아가씨들을 말한다. 그녀들은 그렇게 일을 해서 생계를 유지한다. 그렇다면 왜 그녀들을 그런 이름으로 부르는 것일까? 5번가에서 가사를 돌보며 일하는 여자들을 매리지걸(결혼녀)이라고 부르는 사람은 아무도 없다. 우리는 명칭에 대해 공평하기를 바란다.

루와 낸시는 사이좋은 친구였다. 그녀들은 시골에서 일자리를 찾아 이곳 대도시로 나왔다. 낸시는 열아홉 살, 루는 스무 살이었다. 두 사람 다 귀엽고 활동적이었으며 도시의 무대에 서보겠다는 허영 따위는 전혀 없는 시골 처녀들이었다.

천사의 인도가 있었는지 두 사람은 값이 싸면서도

그다지 누추하지 않은 하숙집을 구했다. 두 사람 다 일자리를 얻어 급료를 받게 되었으며 변함없이 사이가 좋았다.

독자 여러분, 조금만 더 앞으로 다가앉기 바란다. 6개월 후의 두 사람을 소개해 줄 테니까. 이쪽은 남의 일에 참견 잘 하는 독자 여러분이고, 이쪽은 내 친구 낸시 양과 루 양이다.

그런데 이 두 아가씨들과 악수하는 동안 그녀들의 옷차림을 주의를 기울여 조심스럽게 살펴보기 바란다. 두 아가씨들은 사람들이 빤히 바라보고 있으면 말 품평회에서 특별석에 진을 치고 앉아 있는 귀부인들처럼 금방 화를 내기 때문이다.

루는 수작업으로 하는 세탁소에서 다리미질 하는 일을 하고 있었는데 그녀는 몸에 어울리지 않는 보랏빛 드레스를 입은 데다 모자에 꽂은 깃털도 4인치나 되어 너무나 길었다. 계절이 지나면 쇼윈도에 8달러에 진열될 하얀 담비 모피로 만든 머프와 스카프를 이십오 달러나 주고 샀지만, 그래도 그녀의 분홍빛 볼과 밝고 푸른 눈은 반짝였으며 더 없이 만족한 표정이었다.

낸시는 사람들이 아까 말한 '숍걸'이라고 불릴 것이다. 이미 습관이 되어 굳어져 버렸으니 어쩔 수 없는 일이겠다. 특별히 다른 유형이 있는 것이 아니어서 요즈음의 현대인은 흔한 유형을 찾아내려고 한다.

냈시의 머리는 높게 틀어 올린 퐁파두르 형의 최신 유행하는 스타일로 그녀의 반듯한 이마의 선을 한결 돋보이게 했다. 스커트는 싼 옷감으로 만든 것이었으나 주름 모양은 제대로 된 것이었다. 살갗을 파고드는 이른 봄바람으로부터 몸을 감싸 줄 모피코트는 없었지만 비로드 천의 짧은 코트를 마치 페르시아산 새끼양 모피라도 입은 듯이 당당하게 입고 있었다.

냉정한 '유형 분류자'가 본다면 얼굴이나 눈에서도 전형적인 숍걸의 표정을 엿볼 수 있다. 그것은 고단하게 사는 여성이라는 것에 대한 무언의 반항과 어두운 슬픔이 어린 것 같은 표정이다. 큰 소리로 웃을 때도 이 표정은 사라지지 않는다.

이 같은 표정은 가난한 러시아 농민의 저항의 눈빛에서도 볼 수 있다. 아마 우리 뒤에 남은 사람들은 언젠가는 이 세상을 바로잡기 위해 찾아 올 가브리엘 천사의 얼굴에서 그러한 표정을 보게 될 것이다. 그것은 보잘것없는 남자를 기죽이고 부끄럽게 만드는 표정이다. 그러나 이미 다 알고 있듯이 남자란 누구든 능청맞게 웃으며 저의가 담긴 꽃다발을 내미는 것이다.

자, 이 정도로 하고 독자 여러분은 "그럼, 또 만나요." 하고 작별하는 루의 명랑한 인사와 지붕을 넘어 하얀 나비처럼 훨훨 날아가는 낸시의 비웃는 듯하면서도 귀여운 미소에 모자를 들어 두 사람에게 작별인사를 나누고 물러나기로 하자.

두 사람은 길모퉁이에서 댄을 기다리고 있었다. 댄은 루의 애인이다. 성실한 청년이냐고? 그렇다. 성모 마리아가 열두 사람이나 되는 하인을 시켜서라도 새끼양을 찾아내려고 할 때에 쓸 만할 성실한 청년이다.

"낸시, 춥지 않니?"

루가 낸시에게 말했다.

"너는 일주일에 단돈 8달러를 받고 그런 작은 가게에서 일하다니, 딱하기도 하다. 얘! 난 지난주에 십구 달러나 벌었어. 물론 세탁소 일은 진열대 뒤에 서서 레이스를 파는 일보다야 보기 좋은 일은 아니지. 하지만 돈은 많이 벌 수 있어. 다리미질을 하는 사람치고 일주일에 십 달러도 못 받는 사람은 한 사람도 없어. 그리고 다리미질도 떳떳한 일이야."

"넌 다리미질이나 잘 하렴."

경멸하는 듯이 비웃으며 낸시는 말했다.

"난 일주일에 8달러의 급료와 지금 쓰는 작은 침실이면 돼. 난 멋진 물건들과 상류층 사람들을 상대하는 일을 하면서 지내는 게 좋아. 그뿐인 줄 알아? 내 직장에는 멋진 기회가 얼마든지 있어. 정말이야, 장갑매장에서 일하는 숍걸은 지난번에 재산이 백만 달러나 되는 피츠버그의 제강업자인지 제철업자하고 결혼했어. 나에게도 언젠가는 멋진 사람이 꼭 나타날 거야. 굉장한 사냥감이 눈앞에 나타나면 기회를 놓치지 않고 붙들고 말 거야. 세탁소에서 일하는 여자들한테 이런 기회가 오겠니?"

"어머, 낸시. 난 세탁소에서 댄을 만나게 됐어."

우쭐하는 기분으로 루는 말했다.

"그이는 외출할 때 입을려고 맡겨 놓은 와이셔츠를 찾으러 왔다가 첫 번째 작업대에서 다리미질하고 있는 내가 눈에 띈 거야. 그래서 우린 다들 첫 번째 작업대에서 일하고 싶어하지. 댄이 나를 처음 본 것도 엘러 매기니스가 병이 나서 쉬는 걸 내가 대신 그 첫 번째 작업대에서 일한 날이었어.

그이는 처음에 내 팔에 눈이 끌렸다는구나. 살결이 하얗고 참 포동포동하다고 생각했었대. 난 소매를 걷어올리고 일하거든. 세탁소에도 이렇게 가끔 멋진 손님이 찾아와. 양복이 든 수트케이스를 들고 당당하게 들어오니까 금방 알 수 있어."

"그런데 넌 왜 그런 블라우스를 입고 있니? 루."

부석부석한 눈꺼풀에 악의 없는 웃음을 지으며 낸시는 눈에 거슬리는 루의 블라우스를 빤히 쳐다보았다.

"정말 취미가 너무 저속하다, 얘."

"어머, 이 블라우스가?"

화가 나서 눈을 치뜬 루가 지지 않고 말했다.

"무슨 소릴 하니, 얘. 이 블라우스는 십육 달러나 주고 산 것이야. 원래는 이십오 달러짜리였다고. 손님이 세탁을 맡겼는데 기일이 지나고도 찾으러 오지 않아서 가게 주인한테서 내가 산 것이야. 몇 야드나 촘촘히 자수까지 있는 거야. 그보단 네가 입고 있는 그 볼품없는 싸구려 드레스 얘기도 좀 하는 게 어떠니?"

그러자 낸시는 태연하게 말했다.

"이 볼품없는 싸구려는 말이야. 밴 올스타인 피셔 부인이 입던 드레스를 본떠서 만든 거야. 가게 사람들 말로는 부인이 지난해에 우리 백화점에서 물건을 사느라 지불한 돈만 해도 만 이천 달러나 된대. 이건 내가 직접 만든 거야. 1달러 오십 센트 들었어. 멀리서 보면 그 부인이 입은 것하고 똑같아서 어느 쪽이 진짜인지 알아보기 힘들 거야."

"어머, 그러니?"

루는 상냥하지만 비꼬면서 말했다.

"굶어죽어도 뽐내고 싶으면 그렇게 하렴. 하지만 난 지금의 일을 하면서 급료나 올려 받는 게 좋아. 내가 사고 싶은 세련되고 마음에 드는 게 있으면 일 끝난 후에 사지 뭐."

마침 그때 댄이 도착했다. 비싸지 않은 넥타이를 맨 성실한 청년으로 도시에서 흔히 보이는 경박함은 없었다. 일주일에 삼십 달러를 받는 이 전기기사는 로미오 같은 측은한 시선으로 루를 바라보았다. 그녀가 입고 있는 블라우스의 자수 모양이 금방이라도 파리가 먹이로 걸려들 거미줄처럼 보였기 때문이다.

"이쪽은 내가 사귀고 있는 댄이고, 이쪽은 내 친구 낸시 양이에요."

하고 루는 두 사람을 소개했다.

"댄 포드입니다. 뵙게 되어서 정말 기쁩니다."

댄은 그렇게 말하면서 손을 내밀었다.

"루한테서 말씀 많이 들었습니다."

낸시는 우아하게 손가락 끝으로 그의 손가락을 살짝 잡아 악수를 하며 말하였다.

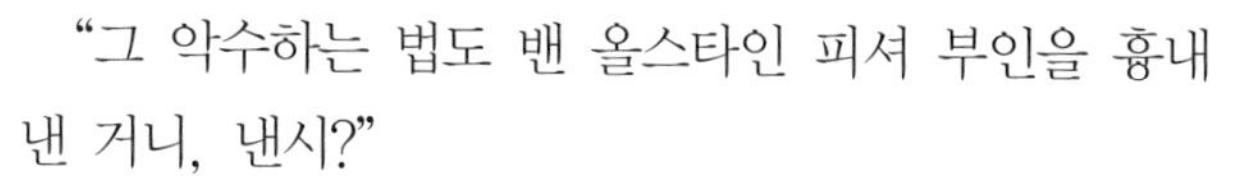

"저도 루한테서 두세 차례 선생님 말씀을 들었어요."

루는 두 사람이 악수하는 모습을 보며 킥킥거리고 웃었다.

"그 악수하는 법도 밴 올스타인 피셔 부인을 흉내 낸 거니, 낸시?"

그녀는 물었다.

"그럼! 너도 체면 차릴 필요 없이 흉내내도 돼."

낸시가 말했다.

"어머, 넌 정말 안 되겠다. 얘, 너무 거들먹거리지 마. 그런 고상한 악수는 다이아몬드 반지를 돋보이게 하려고 그러는 거야. 나도 다이아몬드를 두어 개 갖는 신분이 되면 그렇게 한번 해 보지 뭐."

"악수하는 법을 배우는 게 먼저야. 그러면 반지도 쉽게 들어올지도 모르지."

낸시는 뭔가 아는 것처럼 말했다.

"자, 이제 토론은 그만하고 나한테 좋은 생각이 하나 있는데."

댄은 타고난 명랑한 미소를 지으면서 말했다.

"두 분을 티파니 보석가게로 모셔갈 형편은 못 되니까 함께 극장에나 갑시다. 표도 있어요. 진짜 다이아몬드를 끼고 악수할 수 없다면 무대에서라도 다이아몬드를 보는 게 좋지 않을까요?"

충실한 기사는 인도의 가장자리를 따라 걸었다. 루가 그 옆을 따랐다. 그녀는 화려하고 요란한 옷을 입고 좀 뽐내면서 걸었다. 낸시는 날씬한 몸매로 참새처럼 수수한 드레스를 입고 진짜 밴 올스타인 피셔 부인처럼 맨 안쪽에서 걷고 있었다.

이렇게 세 사람은 조촐한 밤의 기분전환을 하러 가곤 하였다.

화려하고 거대한 백화점을 일종의 교육시설로 보는 사람은 별로 없을 것이다. 하지만 낸시가 일하고 있는 백화점은 그녀에게 훌륭한 교육시설이었다.

낸시는 고상한 취미와 세련된 아름다움을 발산하는 예쁜 물건들에 에워싸여 있었다. 사치스러운 분위기 속에서 지내다 보면 대금은 자기가 치르든 남이 치르든 사치가 몸에 배는 법이다.

그녀가 상대하는 손님의 대부분은 의상이나 예절이나 사교계에서의 지위도 모범이 될 만한 부인들이었다. 그런 부인들 한사람 한사람한테서 낸시는 최상의 것을 받아들였다.

어느 부인에게서는 우아한 몸가짐을, 또 다른 부인에게서는 깊은 표정을 지닌 눈썹 추켜올리는 방법을 배웠다. 또 다른 부인들로부터는 걸음걸이나 핸드백을 드는 법과 매력적으로 미소 짓는 법을 익히고, 친

구와의 인사법이나 아랫사람을 부리는 방법도 배우고 익혔던 것이다. 그녀가 가장 존경하는 밴 올스타인 피셔 부인에게서는, 그 훌륭한 은방울 소리처럼 맑고, 지빠귀가 지저귀는 듯 발성이 완벽하고 부드러운 저음을 흉내 내려고 애썼다.

이러한 고도의 사교적인 세련과 우아한 몸가짐을 자아내는 분위기에 젖어 있는 동안, 그녀는 저절로 상류 사회의 깊은 영향을 받지 않을 수 없었다. 그녀 역시 배우고 익힌 것을 손님들에게 실천하기도 하면서 자신도 상류 사회에 끼어 든 것 같은 기분에 황홀함을 느끼기도 하였다.

부모의 잔소리만으로 뉴잉글랜드 식의 양심이 되살아난다고는 할 수는 없겠으나 등받이가 똑바른 의자에 앉아 '프리즘과 필그림즈(거드름 피우는 말씨)' 라는 말을 마흔 번 되풀이하면 악마라도 물리칠 것이다. 그래서 밴 올스타인 피셔 부인의 말투로 말한다면 낸시는 고귀한 사람이 해야 할 의무를 뼈에 사무칠 만큼 느끼는 것이었다.

백화점이라는 넓은 학교에서는 그 밖에도 배울 것이 많았다. 숍걸 서너 사람이 모여 팔찌를 짤랑짤랑 흔들면서 에델의 머리 틀어 올린 것을 두고 이러니저러니 실없는 수다나 떠는 줄로 오해해서는 안 된다.

이런 수다 모임은 남성들의 심의회와 같은 위엄은 없을지 모르지만 이브와 그의 맏딸이 아담에게 가정에서의 정당한 위치를 납득시키기 위해 얼굴을 맞대고 상의할 때와 같은 무게가 있는 것이었다.

그것은 '공동방위 및 세상과 남성에 대한 공격법과 격퇴법의 상호 교환을 위한 숙녀회의' 라고 할 만한 것으로 세상은 하나의 무대이며 남성은 어디까지나 여성들에게 꽃다발을 바치는 관객일 뿐이다.

여자라면 -온갖 젊은 동물 가운데서도 가장 연약한 여자에게는 새끼사슴의 우아함은 있으나 그 민첩함이 없고, 작은 새의 아름다움은 있으나 하늘을 날지는 못하고, 꿀벌의 달콤한 꿀은 듬뿍 가지고 있으나 벌침에 쏘인 경험은 누구에게나 있을 테니까.

이 회의에서 그녀들은 서로의 무기를 공개하면서 제각기 자기가 익힌 처세술의 이론화된 전략을 주고받는다.

"난 그 남자한테 말해 줬어."

새디라는 아가씨가 말한다.

"이봐, 신출내기! 말투가 왜 그래? 내가 누군 줄이

나 알고 그래? 그랬지. 그랬더니 그 남자가 뭐라는지 알아?"

아가씨들의 갈색, 검정색, 아마색, 붉은색, 금발 등의 머리들이 끄덕거린다. 여기저기서 해답이 나오고 돌격은 살짝 피하기로 결정하고 공동의 적 즉, 남성과의 싸움에서 앞으로는 이 같은 전술을 쓰기로 한다.

이런 식으로 낸시는 백화점 안에서 남자에 대한 방어술도 배웠다. 여성에게 있어 재치 있는 방어란 승리를 뜻하므로.

백화점에서 배우는 교육의 학과목은 범위가 매우 넓다. 낸시에게 있어 아마 백화점만큼 그 대망의 결혼이라는 꿈을 성취하기 위한 준비를 시켜 주는 훌륭한 신부학교는 없을 것이다.

낸시는 백화점 안에서 아주 좋은 매장을 맡고 있었다. 레코드 시청실이 바로 옆에 있었기 때문에 낸시는 유명한 작곡가의 작품을 가까이할 수 있었다. 적어도 낸시가 동경하는 사교계의 음악 감상에 대해서 배워 익히는 기회가 될 수 있었던 것이다.

또한 여성에게는 교양이라고 할 수도 있는 미술품이나 값비싸고 우아한 옷감이나 갖가지 장식품 등을 알아보는 안목을 기르기 위한 교육적인 감화를 그녀는 남김없이 흡수했다.

다른 아가씨들도 결국 낸시의 야심을 알아차렸다,

"저길 봐, 네가 원하는 백만장자가 왔다. 낸시."

하며 그럴듯해 보이는 남성이 낸시의 매장으로 들어올 때마다 그녀들은 속삭였다.

함께 온 여자가 물건을 고르는 동안에 그 주위를 서성거리고 있던 남자들은 낸시가 있는 손수건 매장에 다가와 고급 아마직 손수건을 멍하니 바라보는 것이었다. 그러면 훌륭한 집안에서 자란 듯한 낸시의 품위 있는 언동과 타고난 아름다움이 남자들의 마음을 끌었다.

많은 남자들이 그녀 앞에서 호기를 부렸는데 개중에 몇 사람은 백만장자인 체하는 사람도 있었다.

낸시는 진짜 백만장자를 알아보는 법을 잘 알고 있었다. 손수건 매장 끝에 창문이 있었는데 그곳에서 아래를 내려다보면 거리에는 물건을 사러 온 손님을 기다리는 자동차가 줄지어 있는 것이 보였다. 그녀는 자동차도 주인과 마찬가지로 제각기 다르다는 사실을 알게 되었던 것이다.

언젠가는 멋진 신사가 손수건을 네 박스나 사더니 카운터 너머의 낸시에게 코페튜어 왕과 같은 태도로 구애해 온 일이 있었다. 그 신사를 달갑지 않는 태도로 돌려보내자 같이 일하는 숍걸이 말했다.

"저 사람한테 냉정하게 대하다니 어디가 마음에 안 들어, 낸시? 아주 멋진 사람 같은데."

"저 사람이?"

낸시는 무섭도록 냉정하면서도 아주 감미롭게, 마치 남의 일처럼, 밴 올스타인 피셔 부인을 흉내 낸 미소를 지으며 말했다.

"나한테 맞는 사람이 아냐. 난 저 사람이 자동차에서 내리는 걸 보았어. 아일랜드인 운전사가 딸려 있었지. 그리고 저 사람이 어떤 손수건을 샀는지 너도 보았지. 실크였어! 그런데 손이 너무 험하게 생긴 거야. 나는 진짜를 원해. 그렇지 않으면 어떤 사람도 필요 없어."

백화점 안에서 일하는 가장 세련된 여성들인 매장 주임과 현금출납계원은 가끔 함께 식사를 하는 멋진 남자 친구가 있었다. 언젠가 그들의 모임에 낸시도 초대받은 일이 있었다. 그곳은 섣달 그믐날 밤에 식사를 한번 하려면 1년 전부터 예약해 두지 않고는 들어 갈 수 없는 호화로운 레스토랑이었다.

두 멋진 남자 친구 가운데 한 사람은 머리카락이 하나도 없었다. 지나치게 사치스런 생활 때문임에 틀림없다.

또 한 사람은 자신에게 재력과 지식이 있다는 사실

을 상대방에게 명확히 인상 지으려는 젊은이였다. 이를테면 주문한 포도주가 코르크 냄새가 풍긴다고 지적하면서 유식한 체하기도 하고 다이아몬드 커프스 단추를 달고 다니면서 재력을 과시하기도 했다.

이 청년은 낸시에게서 지나치기 쉬운 매력을 발견했다. 그의 취향이 숍걸에게까지 확대되어 있었던 데다가 또 그녀만의 시골 태생의 순박한 귀여움에 더하여 상류 계급의 말씨와 예절을 익힌 처녀가 눈앞에 나타나 단번에 마음이 끌린 것이다.

그래서 다음날, 그는 그녀의 매장을 찾아가서 아일랜드 리넨으로 만든 손수건을 담은 상자 위에 몸을 내밀고 진지한 표정으로 청혼했다.

낸시는 한마디로 거절했다.

요즘 유행하는 퐁파두르 형으로 갈색머리를 틀어 올린 한 아가씨가 저만치 떨어진 곳에서 그 장면을 지켜보고 있다가 거절 당한 청혼자가 자리를 떠나자 낸시에게 다가와 화가 난 목소리로 비난을 퍼부었다.

"넌 정말 바보구나! 저 사람은 백만장자로 유명한 밴 스키틀스 노인의 조카란 말이야. 그리고 그의 청혼은 진정이었어. 정신이 있니, 낸시?"

낸시는 대답했다.

"내가 그 사람을 잘못 보기라도 했다는 거야? 아무튼 저 사람은 네가 말하는 만큼 부자가 아냐. 자기 마음대로 쓸 수 있는 돈은 집에서 해마다 보내 주는 이만 달러뿐이야. 요전날 밤, 식사를 할 때 대머리 친구가 그 일을 가지고 그 사람을 놀려대는 걸 들었어."

퐁파두르 형으로 틀어 올린 갈색머리 아가씨가 낸시에게 눈을 찡그렸다.

"넌 도대체 뭘 바라는 거야?"

그녀는 흥분하여 갈라지는 목소리로 말했다.

"그럼, 그것으로는 부족하다는 말이지? 모르몬교도라도 되어서 록펠러하고, 글래드스턴 다윈하고, 스페인 왕하고 모두 한꺼번에 결혼하길 원하는 거니? 일 년에 이만 달러가 부족하다고?"

낸시는 깊이 없는 까만 눈이 그녀를 똑바로 쳐다보자 얼굴을 붉혔다.

"돈 때문만이 아냐, 캐리."

그녀는 변명했다.

"지난번 밤에 식사할 때 보니까 그 사람은 심한 거짓말을 하다가 친구한테 들켰어. 여자에 관한 일이었는데 그 사람은 그 여자하고 함께 연극을 보러 간 적이 없다고 거짓말을 한 거지. 어쨌든 난 거짓말하는

사람은 질색이야. 한마디로 난 그 사람이 싫어. 그게 전부야.

난 그렇게 쉽게 넘어가지 않을 거야. 어쨌든 난 남자답고 당당하게 어깨를 편 훌륭한 사람을 찾을 거라고. 그래, 나무랄 데 없는 훌륭한 상대를 찾고 있어. 장난감 저금통처럼 그저 짤랑댈 줄만 아는 남자는 싫단 말이야."

"너 같은 앤 정신병원에나 가야 돼!"

그렇게 말하고 갈색머리 아가씨는 저쪽으로 가 버렸다.

일주일에 8달러로 생활하면서 낸시는 꿈이라고는 할 수 없어도 남다른 야심을 마음속에 기르고 있었다. 아직 만나지 못한 근사한 사냥감을 쫓기 위해 딱딱한 빵을 씹으며 날이 갈수록 수척해졌다.

그녀의 얼굴에는 숙명적인 남자를 찾겠다는 사냥꾼 특유의 씩씩하고 싸늘한 웃음이 희미하게 떠올랐다.

백화점은 항상 그녀의 사냥터였다. 거물로 보이는 훌륭한 뿔을 가진 사냥감에게 그녀는 몇 번 총을 겨누었다. 하지만 늘 마음속 깊은 곳에 있는 정확한 본능 -그것은 아마 사냥꾼으로서의 본능이기도 하며 여성으로서의 본능이기도 할 것이다.- 이 방아쇠를 당기는 것을 미루고 또다른 사냥감을 향해 추적을 계속하는 것이었다.

루는 세탁소에서 만사가 순조로웠다. 주급 십팔 달러 오십 센트 가운데 6달러는 하숙비와 식비였다. 나머지는 주로 옷을 사는 데에 썼다. 취미나 예절을 익힐 기회는 낸시에 비하면 거의 없다고 해도 과언이 아니었다.

수증기가 자욱하게 피어오르는 세탁소 작업장에 있는 것은 일뿐이었으며 일이 끝나면 무엇을 하고 노는가를 생각하는 것이 고작이었다. 값비싸고 화려한 옷감이 잇따라 그녀의 다리미 아래를 통과했다. 루의 옷에 대한 애착은 이렇게 전도성을 가진 금속을 통해서 차츰 그녀의 내부로 스며들어 갔을지도 모른다.

하루의 일과가 끝날 때가 되면 댄이 밖에서 기다리고 있었다. 그는 언제나 루를 따르는 충실한 그림자였다.

댄도 가끔씩은 고상하기보다는 점점 더 화려해져 가는 그녀의 의상을 곤혹스러운 표정으로 바라보았다. 그것 때문에 루가 싫어졌다기보다는 거리를 걷다가 다른 남자들의 시선을 끄는 게 불쾌했던 것이었다.

루는 친구 낸시에게 의리를 잃지 않았다. 댄과 놀

러 갈 때는 낸시도 꼭 함께 갔으며 그 추가되는 비용을 댄은 기꺼이 떠맡았다.

세 사람의 기분 전환을 추구함에 있어서 루는 화려함을, 낸시는 우아함을, 그리고 댄은 중후함을 더해갔다고 할 수 있겠다.

이 듬직한 호위병은 다정하기는 했지만 값싸보이는 양복을 입고 저렴한 넥타이를 맨 검소한 사람이었으며, 온화하고 눈에 튀지 않으며 분별 있는 사람으로서 결코 남을 당황하게 하는 일도 없고 남과 다투는 일도 없었다. 함께 있으면 신경이 쓰이지 않을 정도로 편안한 사람이어서 그의 존재를 잊기가 쉽지만 그가 자리를 뜨고 나면 금세 그리워지는 선량한 사람이었다.

낸시의 고상한 안목으로 보면 세 사람이 누리는 이런 평범한 즐거움은 때로 좀 씁쓸했다. 하지만 그녀는 아직 젊었다. 젊음이란 미식가가 될 수 없을 때에는 대식가가 되는 법이다.

"댄은 당장 결혼하자고 늘 말해."

언제가 루는 낸시에게 말했다.

"하지만 난 아직 결혼할 생각이 없어. 난 누구에게

도 신세지고 싶지 않아. 내가 일해서 번 돈으로 마음 내키는 대로 살아갈 수 있으니까 말이야. 게다가 그는 결혼한 뒤에 내가 계속 일하는 걸 반대해.

그건 그렇다 치더라도 말이야, 낸시. 넌 왜 제대로 차려입지도 못하면서 그렇게 작은 가게에 매달려 있니? 생각이 있다면 지금 당장이라도 세탁소에 일자리를 알아 봐 줄게. 너도 지금보다 더 많은 돈을 벌게 되면 지금처럼 거드름을 피우지 않아도 될 텐데."

"난 조금도 거드름을 피울 생각은 없어, 루."

낸시는 말했다.

"하지만 입을 것을 제대로 못 입더라도 지금 다니는 가게에서 일하는 게 더 좋아. 백화점의 일이 이제 습관이 되어 버렸는지도 모르지. 거기서 내가 원하는 건 기회야. 나도 언제까지고 진열대 뒤에 서 있을 생각은 없어. 나는 날마다 새로운 걸 배우고 있어. 언제나 세련된 손님들과 얼굴을 마주하고 있고 비록 그 사람들이 필요한 것을 팔고는 있지만 내 주변에서 일어나는 어떤 기회도 놓치지 않을 거야."

"너는 아직 백만장자를 찾지 못했니?"

루는 놀리듯이 웃으면서 물었다.

"아직 어떤 사람도 결정하지는 못했어."

낸시는 이어서 대답했다.

"지금 몇 사람을 검토하고 있는 중이야."

"어머, 놀랐다, 얘. 검토를 하다니! 재산이 조금이라도 모자라면 네 상대가 될 수 없겠구나? 낸시. 설마 진담으로 하는 말은 아니겠지? 부자들은 우리들 같은 숍걸들은 거들떠보지도 않아."

"상대하는 게 이익이 될 수 있을 때도?"

분별 있고 침착한 표정으로 그녀는 루에게 말했다.

"우리들 가운데에는 돈을 잘 쓰는 방법을 부자한테 가르쳐 주는 사람도 있어."

"난 부자가 말을 걸어오면 아마 기절해 버릴지도 몰라."

"그건 네가 부자를 한 사람도 모르기 때문이야. 부자와 부자가 아닌 사람의 차이를 알아내려면 가까이서 조심스럽게 관찰하면 돼……. 그런데 루, 빨간 실크 안감은 그 코트에 비해 너무 화려하다고 생각되지 않니?"

"절대 그렇게 생각지 않아. 너무 빨아서 바래 버린 네 옷하고 비교하면 그렇게 보일지도 모르지만."

"이 옷옷은!"

낸시가 자신 있게 말했다.

"밴 올스타인 피셔 부인이 지난번에 입고 왔던 옷하고 똑같이 만들었어. 옷감은 3달러 구십팔 센트 들었지. 부인 것은 이보다 백 달러는 더 비쌀 테지만."

"그래."

루는 가볍게 받아넘겼다.

"그런 옷이 백만장자를 낚는 미끼가 된다고는 생각되지 않는데. 혹시 너보다 내가 먼저 부자를 붙잡을지도 모르겠다."

이 두 사람이 제각기 주장하는 의견에 어느 쪽의 손을 들어 줘야 할지 결정하는 일은 철학자가 아니면 불가능할 것이다.

루는 백화점이나 사무실에서 일하며 적은 급료로 빠듯하게 생활하는 아가씨들처럼 자존심이나 고상한 취미가 없었기 때문에 시끌벅적하고 숨이 막힐 정도로 더운 세탁소에서 다리미질을 하며 명랑하게 일할 수가 있었다.

그녀의 급료는 편하게 살고도 여유가 있었다. 덕분에 그녀가 입는 옷은 점점 더 좋아지는 반면에, 인생을 계획대로 설계하며 일상에서 절대로 옆길로 빠지는 일이 없는 성실한 댄의 단정하지만 촌스러운 복장을 경멸하는 눈길로 보는 일도 가끔 생기게 되었다.

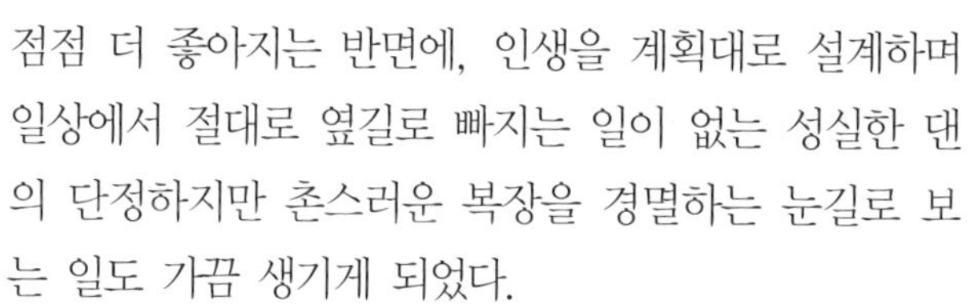

낸시에게는 어떤 변화가 있었느냐 하면, 그녀의 경우는 아주 특이한 것이었다.

냰시는 언제나 실크나 보석, 레이스나 장식품 따위에 둘러 싸여 있었다. 그리고 좋은 집안에서 자라고 취미가 좋은 상류 사회에서 쓰는 향수나 음악 – 이런 것들은 여성을 위해 만들어진 것이다. 그래서 그녀가 그 몫을 차지하는 게 공평한 것이다. 그것들이 그녀 인생의 한 부분이라면 원할 경우 그 곁에서 생활하면 된다.

그녀는 수프 한 그릇 때문에 장자의 특권을 동생에게 판 에사오처럼 자신을 함부로 팔아넘기지는 않았다. 그렇다고 해서 지금의 고상한 분위기를 누릴 수 있는 권리를 놓치지도 않을 것이다. 그녀가 손에 넣은 수프는 항상 부족했기 때문이다.

이런 상류 계급의 분위기가 그녀에게 맞았다. 그런 이유만으로도 그녀는 늘 원기 왕성했으며 견실하고 충족된 기분으로 검소한 음식을 먹고 값싼 드레스를 재단하여 만들어 입었던 것이다.

그녀는 여자에 대해서는 이미 알고 있었다. 지금은 남자라는 동물에 대해 그 습성이나 특성에 대해 연구하고 있었다. 어느 날인가 원하는 사냥감을 쏘아 떨어뜨리겠지만 그 사냥감은 오로지 최고 최상이어야 하고 그 이하는 절대로 사양하겠다고 마음속으로 다

짐하고 있었다. 이렇게 그녀는 최고의 신랑감이 나타날 때를 대비해서 만반의 준비를 갖추고 있었던 것이다.

그런데 그러는 동안에 그녀는 무의식적이었지만 특별한 변화가 있었다. 그녀의 가치판단의 기준이 바뀌기 시작한 것이다. 돈이나 재력의 가치보다는 '진실' 이라든가 '정숙' 이라든가 혹은 '상냥함' 이라는 가치에 마음을 두게 된 것이었다.

이를테면 어느 숲에서 커다란 사슴을 쫓는 사냥꾼과 같았다. 사냥꾼은 이끼 낀 초록빛으로 뒤덮인 작은 골짜기를 발견한다. 그곳은 냇물이 흐르고 사냥꾼에게 편안함과 위로를 속삭인다. 이런 때에는 야훼께서도 알아주시는 니므롯 같은 힘센 사냥꾼의 창마저도 그 끝이 무뎌지는 법이다. 그래서 사슴 같은 건 아무래도 좋다고 생각하는 것이다.

이렇게 낸시는 페르시아산 새끼양 모피보다는 가슴에 담긴 진실에 따라 가치가 평가되기도 한다고 생각하게 되었던 것이다.

어느 목요일 저녁, 낸시는 일을 마치고 6번가를 가로질러 루가 일하는 세탁소로 향했다. 루와 댄과 함께 셋은 뮤지컬 코미디를 보러 가기로 했던 것이다.

낸시가 세탁소에 도착하자마자 마침 댄이 그곳에서

나오고 있었다. 댄은 어두운 표정을 짓고 있었다.

"그녀한테서 무슨 소식이 있을까 하고 와 봤어요."

그가 말했다.

낸시는 깜짝 놀라서 댄에게 물었다.

"루가 가게에 없어요?"

"알고 계시는 줄 알았는데."

댄은 말했다.

"루는 월요일부터 가게에도 안 나오고 지금까지 살던 하숙집에도 없습니다. 하숙집의 짐도 모두 가져갔대요. 세탁소에서 같이 일하는 사람한테 유럽에 갈지도 모른다고 했다는 거예요."

"세상에, 어디서 그 애를 본 사람도 없나요?"

낸시는 물었다.

댄은 굳은 표정으로 잿빛 눈에 얼음처럼 차가운 빛을 띠면서 낸시를 응시했다.

"세탁소 사람들 얘기로는."

그는 갈라진 목소리로 말했다.

"어제 그 사람이 자동차를 타고 지나가는 걸 보았

다고 합니다. 아마 낸시 양하고 루가 늘 머릿속으로 좇아다니던 백만장자하고 함께 갔을 겁니다."

냅시가 남자 앞에서 움츠러드는 것은 이때가 처음이었다. 그녀는 가냘프게 떨리는 손으로 댄의 소매를 잡았다.

"댄, 나한테 그렇게 말하지 말아요. 마치 내가 이 일과 관계가 있는 것처럼 말하다니……."

"아니, 그런 뜻으로 한 말은 아닙니다."

댄은 태도를 누그러뜨리면서 말했다. 그리고 조끼 주머니를 바스락거리면서 뒤졌다.

"오늘 밤에 셋이 함께 볼 쇼 입장권을 사 두었었는데."

그는 남자답게 쾌활함을 보이면서 말했다.

"만일 낸시 양이……."

낸시는 남자가 늠름하게 참는 것을 보자 마음이 움직였다.

"댄, 함께 가겠어요."

그녀는 말했다.

그로부터 몇 개월이 지난 어느 저녁 무렵, 이 숍걸은 백화점에서 나와 작고 조용한 공원을 따라 바쁜 걸음으로 집으로 향하고 있었다. 그때 누군가가 낸시의 이름을 불러서 뒤돌아보는 순간, 루가 그녀의 팔에 뛰어들었다.

서로 반갑게 끌어안고 나서 두 사람은 수다스럽게 연달아 상대방의 안부를 물어보았다.

이윽고 낸시는 루에게 행운이 찾아온 것을 알았다. 값비싼 모피 코트, 번쩍이는 보석, 비싼 옷가게에서 솜씨를 뽐낸 최신 유행의 의상이 그것을 말해 주고 있었다.

"너는 여전히 바보로구나!"

루는 다정한 목소리로 크게 외쳤다.

"아직도 그 가게에서 일하니? 변함없이 그 초라한 옷을 입고? 네가 낚으려는 그 훌륭한 사냥감은 어떻게 되었어? 아무래도 아직 아무것도 붙잡지 못한 모양이구나."

이야기를 나누는 동안에 루는 낸시가 매우 행복해 보이는 것을 알았다.

낸시에게는 돈이나 보석 따위보다 더 중요한 무엇이 -눈동자 깊숙이 보석보다도 더 반짝반짝 빛나고, 볼을 장미보다도 더 빨갛게 물들이는 그 무엇이- 낸시의 마음에 풍족하게 채워져 있는 것을 깨달았던 것이다.

"그래, 아직 그 가게에 있어."

낸시는 대답했다.

"하지만 다음 주에 그만둘 작정이야. 드디어 사냥감을 쏘아서 맞추었거든. 세상에서 제일 멋진 사냥감이야. 루, 지금은 너도 개의치 않겠지? 난 댄하고 결혼하기로 했어, 댄하고. 그는 이제 나의 댄이야. 멋지지? 루."

산뜻하게 머리를 깎아 깔끔한 모습의 젊은 경관이 공원 모퉁이를 천천히 걸어가면서 두 여자를 관찰하고 있었다.

값비싼 모피 코트를 입고 다이아몬드 반지를 낀 여자가 공원의 철책 곁에 웅크리고 앉아 슬프게 흐느껴 울고 있는 모습이 그의 눈에 들어왔다. 그리고 그 옆에는 야위고 검소한 옷차림의 숍걸처럼 보이는 아가씨가 울고 있는 여자를 달래고 있었다.

하지만 젊은 이 경관은 신세대의 사람이었기 때문에 모른 체하고 그들의 곁을 그대로 지나갔다. 이런 문제는 경관으로서 아무런 도움이 되지 않는다는 것을 잘 알고 있었기 때문이다.

오. 헨리 (O. Henry 1862~1910) 미국 소설가.

본명은 윌리엄 시드니 포터(William Sydney Porter). 오 헨리라는 필명은 1886년부터 쓰기 시작했다고 한다.

그는 1862년 노스캐롤라이나 주 그린즈버러에서 포터부부의 셋째 아들로 태어났다. 어머니 메리는 서른 살의 젊은 나이에 헨리가 세 살일 때 폐병으로 세상을 떠났다.

어머니의 사후, 아버지가 가정을 돌보지 않아 집안형편이 극도로 나빠지자 온 가족이 숙부의 집에서 더부살이를 하면서 숙모 에바 라이너가 자신의 집에 차린 사숙에서 전형적인 초등교육을 받았고 숙부 클라크가 경영하는 약국에서 일하면서 전기나 소설, 수필 등을 탐독하고 여러 사람들을 만나 훗날 작가로서의 자질을 키웠다.

1887년 25세에 17세의 소녀 에이솔 에스티즈 로치와 결혼했다, 1891년 오스틴 은행에 근무하는 한편, 그 무렵부터 문필생활을 하면서 주간신문 《롤링스톤》을 발간하였으나 적자만 내다가 1895년에 폐간되었다. 1896년 전에 근무하였던 은행에서 공금횡령 혐의로 고발당하자, 그는 온두라스로 도주한다. 당시의 은행장부가 매우 엉성하여 감사 때 장부의 숫자가 맞지 않자 출납계원이었던 헨리에게 덮어씌웠다는 얘기도 있고, 은행 돈을 신문 발행의 적자를 메우는 데 썼다는 말도 있다. 방랑하던 중에 아내가 위독하다는 소식을 듣고 1898년 귀국해 자수를 하여, 5년형을 선고받았다. 교도소 복역중 그곳 체험을 소재로 단편소설을 쓰기 시작했다. 오 헨리라는 필명으로 1899년 《마그레아즈》지에 첫작품을 게재하였다. 이로 인해 모범수로 형기가 단축되어 1901년 출옥한 뒤 곧 뉴욕으로 가서 작가생활을 시작, 1903년 《뉴욕월드》지에 단편을 기고하면서 인기를 모았다. 중앙아메리카에서의 견문을 바탕으로 한 《양배추와 임금님》, 뉴욕 서민생활의 애환을 그린 《4백만》등 다수의 작품집을 발표한다. 줄거리 전개의 교묘함과 의외의 결말로 끝나는 특유의 작품세계를 보여준다. 1910년 6월 5일, 과로와 간경화, 당뇨병 등으로 뉴욕 종합병원에서 사망했다.

국어과 선생님이 뽑은

한국 문학 읽기
한국고전읽기
세계문학읽기